Murder in Canton

1966

高罗佩 大唐狄公案全译（插图本）
黄禄善 主编

广州谜案

Murder
in Canton

〔荷〕高罗佩 著
李 晨 译

·太原·

图书在版编目（CIP）数据

广州谜案 / (荷) 高罗佩著；李晨译. — 太原：
北岳文艺出版社，2021.1
（高罗佩·大唐狄公案全译：插图本 / 黄禄善主编）
ISBN 978-7-5378-6285-1

Ⅰ. ①广… Ⅱ. ①高… ②李… Ⅲ. ①侦探小说—荷兰—现代 Ⅳ. ①I563.45

中国版本图书馆CIP数据核字（2020）第223740号

广州谜案
〔荷〕高罗佩 / 著
李 晨 / 译

//

策 划
续小强

项目统筹
贾晋仁　庞咏平

责任编辑
庞咏平

装帧设计
萨福書衣坊
SAFU BOOKSTORE
bookd@163.net

印装监制
郭 勇

出版发行：山西出版传媒集团·北岳文艺出版社
地址：山西省太原市并州南路57号
邮编：030012
电话：0351-5628696（发行部）　0351-5628688（总编室）
传真：0351-5628680
经销商：新华书店
印刷装订：山西人民印刷有限责任公司
开本：787×1092　1/32
字数：175千字　印张：8.625
版次：2021年1月第1版
印次：2021年3月山西第1次印刷
书号：ISBN 978-7-5378-6285-1
定价：46.00元

本书版权为本社独家所有，未经本社同意不得转载、摘编或复制

导 言

一

20世纪与21世纪之交,西方通俗文学界一个令人瞩目的现象是历史侦探小说(historical detective fiction)的崛起。当时西方的许多主流媒体,如《纽约时报》《华尔街日报》《泰晤士报》《卫报》等等,连篇累牍地报道历史侦探小说获奖的信息,有关小说的介绍、评论汗牛充栋。这些获奖小说的背景多半设置在一个年代久远的古代,中心情节是破解一个与谋杀有关的案件,作者大都为历史学、考古学等专业的学者,爱好文学创作。譬如保罗·多尔蒂(Paul Doherty, 1946—),当代英国著名历史学家,20世纪80年代末开始历史侦探小说创作,迄今已出版了八十多部以古希腊、古罗马、古埃及和中世纪英格兰为背景的侦探小说,其中《叛逆的幽灵》(*The Treason of the Ghosts*)被《泰晤士报》列为2000年最佳犯罪小说。又如琳达·罗宾逊(Lynda Robinson, 1951—),毕业于得克萨斯大学考古专业,擅长中东史和美国史研究。她在丈夫的鼓励下进行历史侦探小说创作,处女作《死神谋杀案》(*Murder in the Place of Anubis*, 1994)一问世即荣登"纽约时报畅销书排行榜",之后创作的十多本小说也一版再版,畅销不衰。再如加里·科比(Gary Corby,

1963—），澳大利亚历史侦探小说创作新秀，尽管作品数量不算太多，但已是2008年"柯南·道尔奖"得主，2010年问世的《伯里克利政体》(*The Pericles Commission*) 更获"内德·凯利奖"（Ned Kelly Award）。凡此种种，正如《出版人周刊》2010年一篇评论所指出的："过去的十年，历史侦探小说的数量和质量急速发展，以前从未有过如此多的天才作家出版如此多的历史侦探小说，作品涵盖的历史年代和案发地点也从未如此宽泛。"①

不过，西方历史侦探小说并非从世纪之交开始。早在1911年，在美国作家梅尔维尔·波斯特（Melville Post, 1869—1930）的短篇小说《上帝的天使》(*The Angel of the Lord*) 中，就出现过一个古时的业余侦探"阿布勒大叔"（Uncle Abner）。他生活在古老的弗吉尼亚边疆，是个牧场工人，一个和蔼、睿智的中年人。他凭借《圣经》的道德标准和美国的法律精神破案。之后，《上帝的天使》很快被扩充为拥有二十六个故事的侦探小说集《阿布勒大叔：破案高手》(*Uncle Abner, Master Mysteries*, 1918)。到了1943年，美国作家利莲·托雷（Lillian de la Torre, 1902—1993）发表了以历史人物塞缪尔·约翰逊（Samuel Johnson）为主角的短篇小说《英格兰国玺》(*The Great Seal of England*)。之后，她同样将短篇小说扩充为侦探小说集《萨姆博士：约翰逊侦探》(*Dr. Samuel Johnson, Detector*, 1948)。在这之后，西方历史侦探小说进入高速发展的阶段。英国作家阿加莎·克里斯蒂（Agatha Christie, 1890—1976）出版了以古埃及为背景的长篇历史侦探小说《死亡终局》(*Death Comes as the End*, 1944)。美国作家约翰·卡尔（John Carr, 1906—1977）出版了反映拿破仑战争题材的长篇历史侦探小说《狱中新娘》(*The Bride of Newgate*, 1950)。荷兰外交家、汉学家高罗佩（Robert van Gulik, 1910—1967）推

---

① Lenny Picker. *Mysteries of History*, Publishers Weekly, March 3, 2010

出了基于中国公案小说传统的系列历史侦探小说"狄公案"(Judge Dee series)。这些单本的、系列的历史侦探小说的问世,为当代西方历史侦探小说的全面崛起做了有益的铺垫,尤其是"狄公案小说",采用长、中、短三种小说形式,数量多达十六卷,在东、西方均产生了持久的轰动效应,被认为是早期西方历史侦探小说的成功"范例"。[①]

"狄公案"历史侦探小说的创作发端于1949年高罗佩的译著《狄公断案精粹》(*Celebrated Cases of Judge Dee*)。故事的主角狄公(Judge Dee)在中国历史上实有其人。他名叫狄仁杰,生活在唐朝(618—907)。他一生为官,两次出任宰相,是所谓的青天大老爷。有关他廉洁自律、为民请命、秉公办案的故事很早就在民间流传。到了清朝末年,一位无名氏将这些民间故事整理成长篇公案小说《武则天四大谜案》(亦名《狄公案》或《狄梁公四大谜案》)。高罗佩在中国任外交官期间,对该书产生了浓厚的兴趣。在进行了详细考据之后,他将其中基本符合西方侦探小说传统的前三十回翻译成英文出版。之后,他开始尝试创作以狄公为主角的历史侦探小说《迷宫谜案》(*The Chinese Maze Murders*, 1952)。小说出版后,极为畅销。从此,高罗佩一发不可收拾,先后接受芝加哥大学出版社及其他图书出版公司的稿约,先后创作了十五卷狄公案历史侦探小说。它们是:《铜钟谜案》(*The Chinese Bell Murders*, 1958)、《黄金谜案》(*The Chinese Gold Murders*, 1959)、《湖滨谜案》(*The Chinese Lake Murders*, 1960)、《铁针谜案》(*The Chinese Nail Murders*, 1961)、《红阁子谜案》(*The Red Pavilion*, 1964)、《朝云观谜案》(*The Haunted Monastery*, 1961)、《御珠谜案》(*The Emperor's Pearl*, 1963)、《漆画屏风谜案》(*The Lacquer Screen*, 1962)、《晨猿·暮虎》(*The Monkey and the Tiger*, 1965)、《柳园图

---

① Carl Rollyson. *Critical Survey of Mystery and Detective Fiction*, Revised Edition. Salem Press, INC, printed in USA, 2008, p.1783.

谜案》(*The Willow Pattern*, 1965)、《广州谜案》(*Murder in Canton*, 1966)、《紫云寺谜案》(*The Phantom of the Temple*, 1966)、《太子棺谜案》(*Judge Dee at Work*, 1967)、《项链·葫芦》(*Necklace and Calabash*, 1967)、《黑狐谜案》(*Poets and Murder*, 1968)。这些"谜案"极受读者喜爱，不断再版、重印，直至2014年，还有麦克法兰图书出版公司（McFarland）的新版本出现。

"狄公案小说"的影响又渐渐从美国、英国、加拿大、澳大利亚、新西兰延伸到法国、德国、西班牙、荷兰、瑞典、芬兰、日本和中国。1982年，甘肃人民出版社率先在中国推出了陈来元、胡明翻译的《四漆屏》(*The Lacquer Screen*)。紧接着，中原农民出版社、北方妇女儿童出版社、北岳文艺出版社、中国电影出版社、海南出版社、贵州大学出版社等也各自推出了这样那样的"狄公案"全译本和节译本。与此同时，各种各样的续集、改写本也不断出现。

二

作为早期西方历史侦探小说创作的一个成功范例，"狄公案小说"展示了这一小说类型的诸多特征。首先，作为侦探小说，"狄公案小说"遵循侦探小说之父爱伦·坡（Allan Poe, 1809—1849）的"破案解谜六步曲"，亦即介绍侦探、展示犯罪线索、调查案情、公布调查结果、解释案情发生的原因和经过、罪犯的服输和认罪。其次，作为历史小说，它涵盖了历史小说之父沃尔特·司各特（Walter Scott, 1771—1832）所创立的大部分市场要素，如异国情调、哥特式气氛、英雄主义、骑士精神等等。而且，作者高罗佩本人，也像上面提到的许多当代历史侦探小说的作者一样，是个精通历史、熟悉考古且深谙中国文化艺术的专业人士，所研究的对象是当时并不被看好且有点冷僻的东方文化。

高罗佩，1910年8月9日生于荷兰聚特芬（Zutphen）。父亲是名医生，曾先后两次在荷属东印度（Netherland East Indies，今印度尼西亚）服役。高罗佩随父母侨居在殖民地，在当地学习汉语、爪哇语和马来语，由此对亚洲文化，尤其是中国文化产生了浓厚的兴趣。1923年，父亲退役，高罗佩随父母回到荷兰，定居在奈梅亨（Nijmegen）。1929年，高罗佩从奈梅亨市立中学毕业，入读莱顿大学，主修东方殖民法律、荷属东印度学以及中日语言文学。之后，他又到乌特勒支大学深造，学习现当代中国史以及藏文和梵文，并以论文《马头明王诸说源流考》(Hayagriva, the Mantrayanic Aspect of Horse·cult in China and Japan）获得东方语言学博士学位。高罗佩的语言天赋和专业能力很快得到了认可。1935年，他被荷兰外交部录用为助理翻译，并被派驻东京任荷兰驻日公使馆二等秘书。1941年太平洋战争爆发，高罗佩与其他同盟国的外交人员一起被遣离日本。1943年3月，他从印度加尔各答来到中国重庆，出任荷兰政府驻重庆大使馆一等秘书。其间，他结识了同在大使馆秘书处工作的中国名媛水世芳。两人结为伉俪，先后育有三子一女。战争结束后，高罗佩离开中国回到海牙，出任荷兰外交部政务司远东处处长，一年后又去了美国，任荷兰驻美使馆顾问。1948年，他被任命为荷兰驻日本东京军事代表处顾问。1951年，他离开东京前往新德里，任荷兰驻印度大使馆文化参赞。1953年，他再次被召回荷兰，任外交部中东暨非洲事务司司长。1956年至1959年，高罗佩担任荷兰驻黎巴嫩全权代表。1959年至1962年又担任荷兰驻马来西亚大使。1965年，他作为驻日大使第三次被派驻东京。任上，他被诊断出患了肺癌，不得不返国治病。1967年9月24日，他在海牙辞世，享年五十七岁。

因为外交官职业的关系，高罗佩辗转海牙、东京、重庆、南京、华盛顿、新德里、贝鲁特、吉隆坡等地，工作异常繁忙。尽管如此，他不忘初衷，挤出时间从事自己所喜爱的东方语言文化研究。他的研究兴趣很广，琴棋书画、小说戏曲无所不包，而且成果颇丰，几乎每隔一至两年就出版一本书。1941年由日本上智大学出版的《琴道》（*The Lore of the Chinese Lute*）是西方第一本系统介绍中国古琴的专著。在书中，高罗佩基于大量中国古代文献，对中国古琴的起源和特征、琴人的心境和原则、琴曲的意义和内涵、演奏的象征和意象，做了详尽的论述。而1944年在重庆出版的《明末义僧东皋禅师集刊》（*Collected Writings of the Ch'an Master Tung-kao, a Loyal Monk of the End of the Ming Period*），则是一部填补中国佛学史空白的开山之作。该书成书时间长达七年，期间高罗佩遍访中日名刹古寺、博物馆院，共觅得东皋禅师遗著和遗物三百余件。1958年，他耗时十余年完成的《书画鉴赏汇编》（*Chinese Pictorial Art as Viewed by the Connoisseur*）在罗马远东研究社出版。全书内容分两部分，前一部分泛论中日屋宇的式样、书画的悬挂方法以及装裱技术的衍变，后一部分讲述毛笔的构造、墨的制作、纸绢的特质、书画真赝的鉴别，堪称一部东方艺术鉴赏大全。

不过，高罗佩的最大学术成当属中国古代性文化研究。1949年，因日文版《迷宫谜案》的一幅裸体封面图，高罗佩开始对中国古代性文化进行研究。他广集史料，探幽索隐，费尽周折收集历朝历代春宫画册，又参阅了一系列的明末情色禁书，终于辑成了中国古代性文化的拓荒之作《秘戏图考》（*Erotic Colour Prints of the Ming Period*, 1951）。在这之后，高罗佩继续中国古代性文化研究，且时有新的发现。适逢荷兰图书出版商建议撰写一部面向更多西方读者的中国古代性文化著作，于是他便有了洋洋数十万言的《中国古代房内考》（*Sexual Life in Ancient China*, 1961）的问世。相比《秘戏图考》，该书的社会文化史研究气息更浓，且内容上有增补,还更新了许多旧的译文,添加了许多新的引文;观点上有修正,尤其是强调爱情的高尚意义,反对过分突出纯肉欲之爱。直至今日,该书仍是东西方性学家了解中国古代性文化的重要参考文献。

三

正是对于中国历史文化的研究,让高罗佩发现了《武则天四大谜案》等中国公案小说的价值,并选择性地翻译、出版了《狄公断案精粹》。在"译者前言"中,高罗佩指出,多年来西方读者所理解的中国侦探小说,无论是厄尔·比格斯(Earl Biggers, 1884—1933)的"查理·张系列小说"(Charlie Chang series),还是萨克斯·罗默(Sax Rohmer, 1883—1959)的"傅满洲系列小说"(Fu Manchu series),其实都是"误判"。真正的中国侦探小说是如《武则天四大谜案》这样的中国公案小说。而公案小说早在1600年就已经存在,时间要比爱伦·坡"发明"侦探小说的年代,或者柯南·道尔(Conan Doyle, 1859—1930)"打造"福尔摩斯的年代,早出几个世纪。公案小说多有特色,主题之丰富、情节之复杂、结构之缜密,即便是按照西方的标准,也毫不逊色。然而,由于一些文化传统的原因,迄今这类小说不为广大西方读者所知。他呼吁西方侦探小说作家应该关注这一被遗忘的角落,积极改写或创作以中国古代探案为主要内容的侦探小说。[①]鉴于和者甚寡,1950年,他尝试创作了以狄公为主角的《迷宫谜案》。

深厚的汉学修养以及对中国历史文化的痴迷,让高罗佩在创作这十

[①] *Celebrated Cases of Judge Dee: An Authentic Eighteenth Century Chinese DetectiveNovel*, Translated and with an Introduction and with notes by Robert van Gulik, Dover Publications, Inc, New York, 1976, pp. i-v.

六卷狄公案时有意无意地融入了较多的中国古代文化元素。"漆画屏风""柳园图""朝云观""紫云寺""红阁子",这些关键词本身就是一幅幅色彩斑斓的风俗画,给西方读者以丰富的中国文化意象;而小说中的许多故事场景,如"迷宫""花亭""半月街""桂园""乐苑""黑狐祠""白娘娘庙""罗县令府邸",更无疑是生动的中国建筑大览。此外,还有许多与案情有关的关键物件,如竖琴、棋谱、毛笔、画轴、香炉、算盘、绢帕,也不啻一件件极其珍稀的古文物展示,勾起了西方读者对中国传统文化的无限向往。

当然,最值得一提的是,"狄公案"蕴含的道家思想。在《迷宫谜案》故事刚一开始,高罗佩就描绘了一个仙风道骨的太原府狄公后裔。他头戴黑纱高帽,身穿宽袖长袍,胸前白髯飘拂,举止谈吐不凡。正是他,讲述了狄公当年在兰坊县任上所破解的三桩命案。之后,故事套故事,小说中又出现了一个鹤发童颜、双唇丹红、目光敏锐的道家隐士,他于狄公断案百思不得其解之际指点迷津。由此,狄公锁定了倪氏财产争夺案的元凶。

显然,高罗佩在暗示读者,狄公之所以能屡破谜案,是因为有"高人"相助,而这"高人"并非别的,乃是他所信奉的"清静无为""顺应天道""逍遥齐物"的老庄哲学。事实上,现实生活中的高罗佩也是一个老庄哲学推崇者。在《琴道·后序》,高罗佩曾经谈到自己的抚琴体会,认为其秘诀在于遵循老子说的"去彼取此,蝉蜕尘埃之中,优游忽荒之表,亦取其适而已"[①]。之后,他进一步明确指出:"我认为道家思想对琴道衍变有决定性的优势,或者说,虽然琴道的产生及基本观念源于儒家,但内涵却是典型的道家。"此外,在《中国古代房内考》中

---

① Robert van Gulik. *The Lore of the Chinese Lute: An Essay in the Ideology of the Ch'in.* Sophia University, Tokyo, 1941, pp. xiii.

高罗佩也有类似的说法:"道家从自己与自然的原始力量和谐共处的信念中得出合理结论,并固定下来,称之为道。他们认为人类的大部分活动,都是人为的,只起到疏远人和自然的作用,由此产生非自然的、人工的人类社会以及家庭、国家、各种礼仪、专横的善恶区分。他们提倡回复到原始质朴,回复到一个长寿、幸福、没有善恶的黄金时代。"①

四

然而,高罗佩并非不分良莠、一味地融入中国古代文化元素。高罗佩曾总结了《武则天四大谜案》等中国古代公案小说的五大"弊病"。首先,小说伊始即介绍罪犯,细述犯罪的经过和动机,从而丧失了故事基本悬念。其次,崇尚神鬼等超自然力量,断案判官能潜入冥王地府与受害者对话,动物、炊具也能上法庭做证。再有,故事冗长,情节拖沓,动辄数十章,甚至数百章。再有,出场人物过多,难以分清主次、理清线索。最后,惩罚罪犯过分,残忍地诉诸暴力。②

高罗佩"狄公案小说"的整个谋篇布局,沿用西方古典式侦探小说的创作模式,并突出运用了许多行之有效的创作技巧;譬如采用阿加莎·克里斯蒂式的"高度悬疑",几乎每卷都有这样的设置,典型的如《紫云寺谜案》;又或如柯南·道尔式的"科学探案",这一技巧的运用集中体现在小说主要人物形象的提升和重塑上。在高罗佩的笔下,狄公已经不单是那个为政清廉、刚正不阿、体恤民生、只凭聪明才智断案的

---

① Robert van Gulik. *Sexual Life in Ancient China: A Preliminary Survey of ChineseSex and Society from Ca. 1500 B. C. till 1644 A. D.*Leiden, E. J. Brill, 1974, pp. 42-43.

② *Celebrated Cases of Judge Dee: An Authentic Eighteenth-Century Chinese DetectiveNovel*, Translated and with an Introduction and with notes by Robert van Gulik,Dover Publications, Inc, New York, 1976, pp. ii-iv.

青天大老爷,而是博学、勤政、亲民的"公务员",是依靠仔细调查和缜密推理破案的"科学"神探。他手下的几个随从,马荣、乔泰、陶干和洪亮,也一改"四肢发达、头脑简单"的性格描写窠臼,变成有血有肉、智勇兼备的破案搭档。作为一县之长,狄公不但熟悉辖区具体政务,还擅长同各种各样的人打交道,了解他们的喜怒哀乐和实际需求。他深谙犯罪心理学,勤于现场勘查,善于从蛛丝马迹中寻找破案线索,并层层剥茧抽丝,缜密推理。在《漆画屏风谜案》第五章,高罗佩以十分细腻的笔触,描述了狄公如何在沼泽地查看一具女尸的情景:

> 狄公重新掀开裹盖女尸的袍服。除了那袍服外,女尸一丝不挂,一把短剑从左侧乳房直插胸部,露出剑柄。剑柄周围有一摊干涸的血。他细看那剑柄,发现质地为白银,上面镂刻了美丽的花纹,不过年代已久,呈现出黑色。他断定,这把短剑是一件稀世古董,只因那个乞丐不识货,在盗窃耳环和手镯的时候,没有将它拔出带走。他摸了摸那乳房,表面冷而黏湿,接着又抬起她的一只胳膊,觉得还有弹性。看来,这个女人被害的时间不过几个时辰。他想着,这安详的神态、简便的发型、裸露的胴体、赤裸的双脚,都说明她是在床上熟睡时被害的。①

这段描写,与柯南·道尔在《巴斯克维尔的猎犬》中描述福尔摩斯现场勘查爵士死因简直有异曲同工之妙。不过,高罗佩没有无限拔高狄公,而是描写他有时也会被假象所蒙蔽,也会因怀疑自己判断有误而心虚。此外,他还有七情六欲,不但娶有三房夫人,还看见美丽、善良的女人

---

① Robert van Gulik. *The Lacquer Screen: a Chinese Detective Story*. The Universityof Chicago Press, Chicago, 1992, p. 52.

就动心。《铁针谜案》中暗恋郭夫人便是一例。

再如约翰·卡尔的"密室谋杀"。所谓密室谋杀，是指罪犯在一个完全封闭、看似无法出入的空间环境内所实施的谋杀，往往产生一种独特的惊悚、神秘的效果。高罗佩似乎谙于这一技巧，在大部分"谜案"中都有展示。《红阁子谜案》中的举人李琏和花魁娘子秋月先后"自杀"，显然是一种密室谋杀，因为两人均死在卧室，房门紧锁；而《朝云观谜案》中的前任住持玉镜"讲道时突然仙逝"，也是与密室谋杀不无联系，因为众目睽睽之下，凶手没有任何作案机会。

立足西方古典式侦探小说创作模式，选择性融入中国古代文化元素，一切以故事情节生动为准则，高罗佩的十六卷"狄公案小说"就是这样成为早期西方历史侦探小说的成功范例，同时也赢得世界千千万万读者的青睐。

黄禄善

2017年10月26日

2020年12月1日修订

黄禄善，上海大学外国语学院教授，上海作家协会会员、上海翻译家协会理事，英国皇家特许语言家学会中国分会副会长。译有《美国的悲剧》等十部英美长篇小说，主编过八套大中小外国文学丛书，其中由长江文艺出版社、花城出版社出版的"世界文学名著典藏"（精装豪华本）近二百卷。

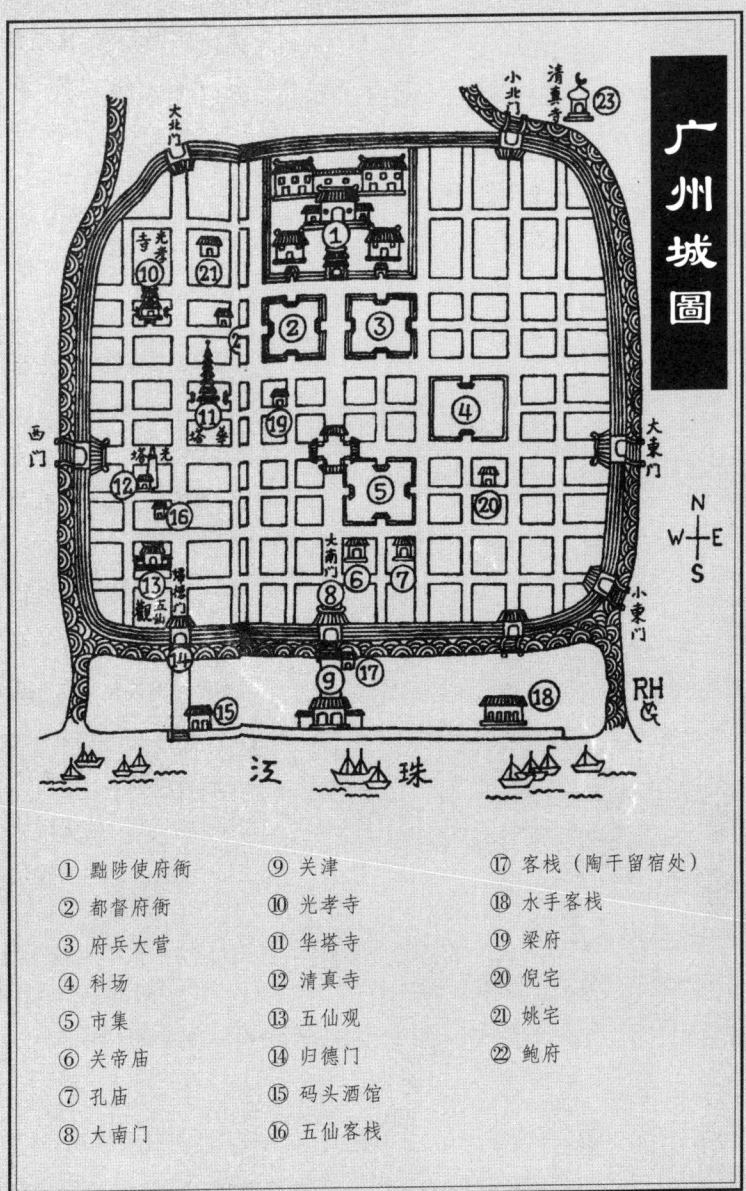

① 黜陟使府衙　　⑨ 关津　　　　　⑰ 客栈（陶千留宿处）
② 都督府衙　　　⑩ 光孝寺　　　　⑱ 水手客栈
③ 府兵大营　　　⑪ 华塔寺　　　　⑲ 梁府
④ 科场　　　　　⑫ 清真寺　　　　⑳ 倪宅
⑤ 市集　　　　　⑬ 五仙观　　　　㉑ 姚宅
⑥ 关帝庙　　　　⑭ 归德门　　　　㉒ 鲍府
⑦ 孔庙　　　　　⑮ 码头酒馆
⑧ 大南门　　　　⑯ 五仙客栈

大理正卿　**狄仁杰**
狄仁杰的亲随、都尉　**乔　泰**
狄仁杰的亲随、主簿　**陶　干**

岭南道黜陟使　**温　健**
广州都督　**鲍　宽**
御史　**刘涛明**
刘御史的幕僚　**苏主事**

大食舞女　**朱穆鲁德**
番坊的首领　**曼苏尔**

广州富商　**梁　福**
广州富商　**姚开泰**
卖蟋蟀的盲女　**兰　荔**

船主　**倪船主**
倪船主的侍女　**杜妮娅德**
倪船主的侍女　**达纳妮尔**

主要人物

广州谜案

一

关津一隅,二人临江而望,静默不语。其中那位年长者面容清癯,神情端严,从头到脚都包裹在一件半旧的羊皮长袍之中。另一个已年过四十,仪表堂堂,身量魁梧。此人身着一袭褐色袍衫,外罩一件半臂短衫,衫袍上缀衲着补丁。二人已驻足良久,天气原本沼雾蒸腾,湿热黏滑,现已化作温润的牛毛细雨,濡湿了两人的旧纱帽。空气凝滞,气压低沉,虽已天色向晚,却仍没有一丝清凉夜风。

关津拱形大门对面便是珠江码头,在稍稍靠里的水中停泊着一艘番国商船。十几名苦力正从船上往下卸货,一个个被沉重的货包压得弓腰驼背,嘴里还喊着号子,令闻者唏嘘。苦力们赤膊佝偻，踩着号子声，顺着舷梯，一步一步往下挪。关津门口，四名守卫额头上汗水涔涔，尖顶帽盔一早便被推至脑后。四人无精打采地半倚在手中的长戟上，看苦力们干活，倒甚是无聊。

"咦？那不是我们今早乘坐的大船吗！"那位年长者惊呼道。顺着他所指方向，只见数艘小船泊在番国商船旁，帆樯林立，一庞然黑影蓦然冲出，虽迷雾蒙蒙，但仍依稀可辨。黑漆战船向珠江口疾驰而去，船上开道铜锣一路"咣咣"作响，江里舢板避之不及。

"若天公作美，不日便可到达安南！"长者那宽肩阔臂的同伴粗声说道。"想必那里会有好一番厮杀鏖战，可你我二人却被打发到此地，微服私访民情！哎呀呀，又有水落到我脖颈里。此地湿热难耐，汗流浃背，叫我如何奈得！"

他一把拽紧了衣领，紧紧贴住粗壮的脖颈。不过，他没忘小心遮住贴身穿着的铠甲，铠甲上挂着羽林军都尉的金制徽标，圆形徽标上赫然刻着两条盘龙。他小心翼翼地探问道："陶兄，你可知其中内情？"

那位身形瘦削、头发花白的长者亦愁眉锁眼，摇了摇头，手里自顾自捻着长在脸颊痣上的三根毛。他徐徐言道：

"贤弟，狄大人并未向我透露过此行之任何内情。不过，想必是事关紧要，不然大人不会如此仓促，带着我俩离京城一路辗转，陆地骑马，马不停蹄，水上行舟，船不停楫，直奔此地。广州城内必有异状。自打今早我们上岸，我就已经……"

突然，"啪叽"一声，响亮的溅水声打断了他的话。两个苦力脚下一晃，一个货包便掉落到商船与码头之间的泥水之中。一个包着白头巾的身影从甲板上跳下来，直奔两个苦力，抬脚就踢，张嘴就骂。只不过他说的是番国的语言，没人听得懂。无所事事的守卫立刻来了精神。其中一个跨步上前，一晃手里长戟，将光杆的一端抵住那骂骂咧咧的大食人的肩膀。

"大胆胡贼，休得放肆！"守卫大声喝道，"看清楚了，此乃我大唐国土！"

那大食人紧握住他红色腰带上插着的匕首把柄不放，又有十几个身穿白袍的男子也接二连三跳下船来，皆手握长刃弯刀。苦力们见此情形，撂下货包，避之而逃。四名守卫手持长戟，戟头直指那个满嘴污言秽语的大食水手。剑拔弩张之际，突然传来一阵铁靴踏地的"咔嚓咔嚓"声。原来有二十名军士正从关津大门列队而出，前来应援。军士们平日里训练有素，此时迅速形成合围之势，戟头一致对外，将那帮气急败坏的大食人逼退至码头外沿。就在这时，船上另有一个大食人将身子探出船舷。此人身形瘦长，长着鹰钩鼻。只见他声色俱厉，冲着水手一番叫嚷。水手们听罢，乖乖地将刀剑收回鞘中，转身又爬回到船上。苦力们见无事发生，便又若无其事地继续干活。

"不知这广州城内还有多少这样的泼皮无赖？"都尉乔泰问道。

"这个嘛……我们刚才不是数到有四艘船进港了吗？还有两艘泊在江口，那是要离港的。算上早先上岸落脚的，依我看，统共得有好几千大食人。偏巧你住的那家小客栈就在番坊里！那种地方鱼龙混杂，夜晚出门必得随身带刀防身不可！我住的店也强不到哪里去，所幸靠近南城门，万一遇险，大声呼救，守兵闻声便可赶来！"

"不知陶兄住在哪间房？"

"二楼靠里，拐角那间便是。按大人的意思，我特意挑了那间，从窗口看码头一览无余。罢了，我俩不宜在此耽搁太久，况且雨势渐大，你我何不去寻个地方填饱肚子再说？"

他指了指码头，见远处一昏暗之地挂着酒肆的红灯笼。

乔泰迭声抱怨道："且要喝个痛快！世上竟有这样的腌臜地！我连当地人说的话也听不懂！"

两人沿着湿滑的石板路匆匆走着，竟未发觉从码头货仓暗处闪出一个衣衫褴褛的大胡子男子，一路远远地跟着他们。

离了码头，便是归德门，只见城门外护城河桥上人来人往，熙熙攘攘。人们身披雨蓑，行色匆匆，各自忙各自的营生。

"竟然没有人愿意在这儿逛一逛。"乔泰抱怨道。

"有这样的百姓，广州城无怪乎是南方最繁华富庶之埠。"陶干不禁感慨万分。"我们到了。"

陶干撩开打着补丁的门帘，进了酒馆。酒馆内倒是宽敞，但光线昏暗，气味难闻，大蒜味、咸鱼味扑鼻而来。屋顶低矮，椽子上吊着几盏油灯，光影幢幢，乌烟瘴气。里面坐着几十个酒客，三五成群地散坐在小酒桌旁。他们交头接耳，窃窃私语，似乎没人注意这刚进来的两个人。

陶干、乔泰在靠窗的一张空桌前坐下，一路尾随的大胡子也走了进来。那男子径直走到后面那个破旧的木柜台前。酒馆掌柜正把锡镴酒壶放入沸水里温酒。

陶干一口流利的粤语，吩咐伙计上两大壶酒。二人等着上酒菜的工夫，乔泰手肘撑在油垢厚腻的桌面上，暗暗打量着酒馆中的这些酒客。

"一群乌合之众！"四下打量一番，他满脸鄙夷，小声说道，"瞧见那小矮子了没？我刚进来的时候，那么一张丑脸，竟没瞧见！"

陶干闻言望去，只见一个矮小肥胖的男子正独自坐在靠门的桌子旁。此人面阔扁平，肤色黧黑；低眉蹙额，塌鼻肉厚，一对杂乱的眉毛下生得两只凹窝小眼，一双汗毛大手中正紧紧握着空酒杯。

"唯有邻桌那位客人样貌体面些！"陶干小声说道。"看上去像个习武之人。"他冲着邻桌下巴一扬，那里坐着一个膀阔肩宽的男子，一身藏青色长袍，腰束一条皂色腰带，干净利落。那男子容貌俊朗，古铜色皮肤，只是眼皮低垂，一副睡眼惺忪的模样，双目无神，眼神涣散，似乎忘记了身在何处。

那邋遢的店伙计把两大壶酒往两人面前一摆，便又趔身往柜台走，竟毫不理会那矮子朝他晃动手里的空酒杯。

乔泰抿了一小口，颇为小心。"好酒啊！"他惊呼道，脸上露出难以置信之色。他一饮而尽，忍不住啧啧称赞："真乃好酒也！"他又一口气喝干了第二杯酒。陶干但笑不语，也痛饮起来。

柜台那边的大胡子男子一直看着他俩，心里暗数着两人喝酒的杯数。两人一杯接一杯，喝到第六杯时，大胡子男子刚要起身，目光却落在小矮人身上，他立马又坐了下来。邻座那习武之人的一双吊梢眼也一直暗中用余光观察着大胡子和小矮个的动向，此时他也挺直了腰板，手捻着修剪齐整的短髭，一副若有所思的模样。

乔泰放下空酒杯，在陶干瘦骨嶙峋的肩膀上拍了拍，咧嘴笑道：

"我不喜这座城，不喜这里恼人的闷热天气，不喜这家臭气烘烘的酒馆。谁承想这里竟有这好酒，只有出外办差，才能遇上此等美事。不知陶兄做何感想？"

"和贤弟一样，我亦不喜这广州城，"陶干应道。"小心，你的徽标露出来了。"

听闻此言，乔泰连忙拉紧了衣服领口，可是远在柜台边的大胡子还是一眼瞥见了金色徽标，不由嘴角上扬，满意地笑了。突然他面色一沉，只见一个头戴蓝色头巾、左眼蒙着眼罩的大食人走进酒馆，坐到了小矮个的桌旁。大胡子回身转向柜台，示意掌柜倒酒。

"天老爷啊，我可不是干都尉的料！"乔泰一边给两人都斟满酒，一边咋咋呼呼地诉苦。"不承想，到今日，已干了四年了啊！你真的要亲眼看看我睡的床榻！罗衾锦褥，绫罗绸缎！我觉得自己就像个青楼女子！可怜见的，知道我每晚都怎么睡吗？我每天晚上都从床后掏出藏在那里的席褥，铺在地上，只有躺在那上面，我才能睡个好觉！麻烦的是，每天起床后，我还得把床铺故意弄乱，做个样子给随从看！"

说罢，乔泰放声大笑，陶干也忍俊不禁。两人一时笑得痛快，竟没留意到嗓门太响，周围的窃窃私语声戛然而止。酒客们满脸愠色，纷纷看向两人。那边厢，小矮人正怒气冲冲地和伙计理论着什么，伙计只是手抱双臂，立在桌旁。邻座武师也看了他们一眼，又把目光投向柜台旁的大胡子。

陶干哑然失笑："我嘛，今晚终于可以在那间鸽子笼里睡个清净觉喽。我的管家老婆子成心让那些伺候丫头在我眼前晃来晃去，那老泼妇一心巴望我从她手里买一个丫头做妾！害得我每天都得把她们轰出房去。"

"你何不直接告诉那老妇，叫她断了这个念想？来来来，再来一杯！"

"好兄弟，我自有我的道理。这样倒省了我不少银子啊！那些乡下姑娘只干活，不支工钱，巴不得能钓到一个有钱的老家伙。"陶干将杯中酒一饮而尽，接着又斟满一杯。"贤弟，所幸你我均非儿女情长之人！可我俩的兄弟马荣，都是衙门当差的，就和你我不同。"

"快休要提那个混厮！"乔泰直嚷嚷。"自打他娶了那对双生姊妹，四年得了四子二女！爷们儿的乐趣就此少了许多！如今竟变得不敢醉酒，怕的是进不了家门。你是否……"

乔泰话未说完，惊见门口一阵骚乱。丑面小矮人和大食人此时都已站起身，面红耳赤，怒不可遏，冲着伙计破口大骂。伙计也不甘示弱，回嘴反击，气焰更胜一筹。酒馆里的酒客们冷眼旁观,无动于衷。眨眼的工夫,大食人的手摸向自己的匕首。说时迟,那时快,小矮人一把抓住他的胳膊,把他拉到门外。伙计一把操起小矮人用过的酒杯,奋力砸将过去。只听一身脆响,酒杯摔在石板路上,砸个粉碎。人群里哄然一阵叫好声。

"看来此地百姓也不喜大食人。"乔泰断言。隔壁酒桌上的那位酒客扭头说道:"非也。那厮根本不是大食人。"此人说着一口地道的北方话。"不过二位所言甚是,此地百姓素来不喜大食人。他们来我大唐做甚?连酒都不喝!番邦回教戒律,不得饮酒!"

"那帮黑皮无赖没有福气享受这人间佳酿喽!"乔泰幸灾乐祸道。"一起来喝一杯!"那位生客欣然应允,遂搬椅合桌而坐。乔泰问道:"敢问可是打北边过来?"

"非也。我乃土生土长的广州人。只是在下经常出门在外,耳濡目染,竟也学了不少方言。不瞒二位,在下姓倪,乃一船主。不知二位到此地贵干?"

"路过而已,"陶干搪塞道,"跟随我家大人在岭南道内巡察。"

倪姓船主扫了一眼陶干,目光如炬。

"我还以为二位是军爷呢!"

"我以前闲暇之余倒是练过一点拳术剑道,"乔泰轻松化解,"莫非倪船主亦喜习武?"

"只是会点刀法,专攻大食弯刀。我曾常往波斯湾,不得已学点武术防身,那一带海域常有海盗出没。"

"我一直未能破解那些大食弯刀的套路,"乔泰说道。

"那可是独门绝技。"倪船主答道。少顷，两人竟热火朝天地聊起了刀法招式来。陶干被晾在一旁，插不上话，只得专心给大家斟酒。突然，他听到倪船主用大食语说了几个招式术语，心里不由一动，抬头问道：

"你懂他们的话？"

"日常对话能应付，还略懂些波斯语。跑船打交道用得到！"他又转向乔泰说道："我倒也收集了一些番邦大刀，愿请二位仁兄一赏。可否屈尊到舍下小酌一杯？寒舍就在城东！"

"今晚有事，"乔泰辞谢道，"明日一早登门拜访，不知方便与否？"

对方迅速扫了一眼立在柜台边的大胡子。

"然也，"他一口答应下来，"仁兄下榻何处？"

"寄居五仙客栈，清真寺旁边那家便是。"

倪船长竟一时不接话茬，开始王顾左右而言他。他抿了一小口酒，看似随口一问："这位朋友也下榻此处？"见乔泰摇头，倪姓船主便不以为然地说道："反正仁兄有武艺傍身，防身足矣。明日早饭过后一个时辰，我会打发一顶小轿，上门延请兄弟。"

陶干结了酒钱，二人辞别新结识的酒友。此时，天空云开雾散，江面凉风习习，迎面拂来，二人酒酣耳热，好不惬意！码头也呈现出一番热闹景象。夜市商贩沿江支起排档，档铺上缠绕着串串彩罩油灯，灯火通明。江面上泊满了小舢板，首尾相接，船上火把星星点点，交相辉映。夜风袭来，炊烟袅袅，枕水人家，已是晚饭时分。

陶干提议："雇顶轿子吧。此地离黜陟使府倒有一段路程。"

乔泰没有作声，只顾打量着人群，眼神颇为警觉。他突然发问：

"可觉察有人一直在尾随你我？"

陶干大惊，连忙扭头去看。

"未见可疑之人。不过贤弟一向机敏过人。狄公嘱咐掌灯前回府复命，还有一个时辰，不妨走走路，一来消解消解酒气，二来兵分两路，趁机探个究竟，看是否有人在伺探你我。我故地重游，再熟悉一下广州城的大街小巷。"

"也好。我顺路回趟客栈，换身衣裳，然后从番坊抄近路回府。从此地一直往东北方向走，到了正街再向北拐，便可到黜陟使府？"

"只要贤弟路上不惹是生非，不论走哪条路皆可到黜陟使府。只管朝着正街那座水法钟楼走便是。那钟楼几乎路人皆知，那可是个巧夺天工的机关设计。一套黄铜盛水容器，层层叠放，状似楼梯，容器里漂着浮杆，竟能指出准确的时辰！"

"费那神思去看时辰？"乔泰嗤之以鼻。"我看时辰，一看日头，二看是否需饮酒润嗓！遇到天黑下雨，就只看我酒瘾馋虫上没上来喽。罢了罢了，回府见！"

二

乔泰一拐弯便上了护城河桥,穿过归德门,进入广州城内。

夜市上人潮涌动,乔都尉在人群中左推右搡,奋力穿行,不时扭头察看,并未发现有人盯梢。过了五仙庙的朱漆大门,第一个路口左拐,便到了临街的小客栈——五仙客栈。客栈上下两层,木朽瓦破,摇摇欲坠。站在二楼,从屋顶望过去,便可见清真寺的宣礼塔尖顶,高达八丈,耸然入云。

客栈入堂口狭小逼仄,客栈老板半卧在一把竹椅上,面色阴沉。乔泰笑着打了声招呼,便直奔二楼自己的屋子。屋子面朝后街,只有一扇窗户,因整日关闭,故而屋内闷热不堪。早上住下来,他把随行包袱往光秃秃的木板床上一扔,便匆匆走了。乔泰骂了一句,一把推开窗板,宣礼塔身赫然映入眼帘。

"这些外番人盖不好真正的宝塔。"他暗自好笑。"没有塔楼,没有圆弧塔顶,什么都没有!直不愣登,像根甘蔗!"

口里哼着小曲,乔泰换上一件干净内衫,又束好盔甲,裹紧帽盔,套上铁爪,蹬进蓝布高筒军靴。换好衣装,出门下楼。

大街上依旧暑气熏蒸,江面习习凉风吹不到城内。乔泰心头懊恼,为了遮住盔甲,他不得不又套件罩衫。他眼角一扫身边的路人,遂闪身进了客栈旁的小巷。

巷内排档彩灯照明,寥寥数人,但见几个头戴白头巾,脚下大步流星。从装束和步态看,乔泰断定是大食人。过了清真寺,街面上外番气氛愈加浓郁。屋舍白灰墙面,底楼无窗,仅靠二楼细密的格栅采光。二楼两端均有跨街拱廊,每走几步便可见到一座。乔泰酒兴未消,一时竟忘了看身后。

乔都尉刚走进一条僻静的小巷,身边遽然窜出一个大胡子汉人,贸然问道:

"哎,你可是羽林军的军爷,姓高还是姓邵来着?"

乔泰停下脚步,借着半明半暗的灯光,细细打量着来人。只见此人络腮长髯,花白夹杂,但神情冷漠。乔泰亦注意到此人衣冠色泽暗淡,衣衫褴褛,幞头破旧,长靴上溅满污泥。这位生人看似衣敝履空,但举止大方,气度威严,而且说话明显带着京城口音。于是乔泰谨慎地答道:

"在下姓乔!"

"哎呀,可不是嘛!乔都尉!打听一下,你家狄大人是否也在广州？"

"在又如何，不在又如何？"乔泰咄咄逼人。

"休得狂言！"生人厉声喝道。"我得立刻面见狄大人，有要紧事。快快带路！"

乔泰锁眉暗忖，此人倒是不像招摇撞骗之人，如若果真是个骗子，有他吃不了兜着走的！打定主意后，乔泰说道：

"我正巧去见我家大人。不妨结伴而行！"

生人立即回头看了看身后的阴影。

"都尉先行，我随后。"生人言辞简洁，"不要被人瞧见我俩同行为好。"

"随你便是，"乔泰说罢，拔腿便走。此刻他得万分小心才是，身旁的厚石板布满深孔，偶尔有光亮从窗户里透出来。四周空无一人，唯有身后传来那个生人的脚步声。

又转过一个弯，乔泰发现自己身在一条黑漆漆的大街上。他抬头去找宣礼塔尖，以便确认自己的方位。然而两边房屋高耸，屋檐相盖，只能看见一条窄窄的星空。于是，他待生人跟上，扭头说道：

"此地太黑了。还是回去找一顶轿子，还有好一段路要走呢。"

"不妨问问街角的住客，"生人声音嘶哑。

乔泰看向前方，果然见黑暗处有一丝光亮。"此老儿说话古怪，眼睛倒是尖得很！"他一边心里暗想，一边向光亮处走去。等到走近拐角，他才发现光来自一盏简陋的油灯。油灯高高放在他左手边一道高墙的壁龛里，墙面平整，别无他物。再往里走则是一道大门，门上镶嵌着铜雕。头顶上空是一架廊桥，连接对街两座房屋的二楼。乔泰上前"砰砰"捶打大门窥视孔的遮板。他听见生人停在他的身后，便大声喊道：

"无人应门，不过我定会把这些无赖吵醒！"

他猛敲了好一阵子，然后将耳朵贴在门上听，依然没有一丝动静。他便又踹了几脚，不停叩击窥视孔，直到手指关节作痛才罢手。

"一起来啊！"他朝着生人同伴怒吼，"把门给踹开！肯定有人在里面，要不油灯不会点着。"

无人应答。

乔泰一转身，巷中空无一人。

"那个无赖去哪……"他刚开始还纳闷，接着马上说不出话来。他一眼看见生人的幞头躺在过街廊桥下的厚石板上。乔泰不禁嘴里骂了一声，然后把包袱丢在地上，伸手取下壁龛里的油灯。正当他驱前细看幞头之时，突然，肩上有人轻轻一拍。他一个急转身，身后无人，但瞧见一双污泥点点的靴子挂在他的头上方。乔泰忍不住又骂了一声，举高油灯向上看去。那位陌生同伴的脖子被吊在另一侧的过街廊桥上，头不自然地歪向一边，胳膊僵硬地垂在身体两侧。走廊窗户洞然大开，从窗台上引出一道细绳。

乔都尉转身直奔廊桥下的大门，过去抬腿猛地踹了一脚。门被踢开了，歪斜着靠在墙上。他一刻没有耽搁，三脚并作两

乔泰见巷子里只剩自己一人（高罗佩 绘）

脚，冲上石阶，阶梯狭窄逼仄，拐角几乎呈直角，遽然通向漆黑低矮的过街廊桥。借着高举的油灯光亮，乔泰看见一个身穿大食长袍的人躺在窗前。大食人一动不动，只右手紧握着一只短矛，矛头细长锋利。一见此人面部浮肿，舌头外伸，乔泰立刻判断他已命归西天——被人勒颈窒息而亡。此人双目外突，其中一只罩着眼罩。

乔泰一抹额头上的汗珠。

"看上去就像在贪杯痛饮！"他喃喃自语，"这可不是醒酒的好办法！原来是酒馆里那厮。不过，那个丑面矮人怎不见了踪影？"

他急忙将油灯往廊桥对面照去。那边只有一节通往地面的台阶，漆黑一片，四周死寂一片。乔泰将油灯放在地板上，跨过大食人的尸体，握住系在窗台下铁钩上细绳，用力往上拉。慢慢地，那个大胡子被拽了上来。窗口出现一张扭曲可怖的面孔，龇牙咧嘴，口中汩汩冒着鲜血。

尸体尚有余温。乔泰将其拖至屋内，放置地上，与大食人的尸体并排摆放。因绞索深深地勒住枯瘦的喉咙，脖子看似已被勒断。他冲下廊桥另一端的台阶，见台阶下面是一扇矮门，乔泰将门捶得震天响。见无人应答，他便飞身撞门。那门年久失修，蠹众木折，哪里经得起撞！乔泰一个趔趄摔进屋内，屋内昏暗，他发现自己倒在一堆碗碟瓦罐和碎木之间。

他一个鲤鱼打挺，站稳了脚跟，定睛一看，见一个大食老妇人蜷缩在斗室中央。老妪瘪嘴豁牙，吓得目瞪口呆。一盏黄铜油灯吊挂在屋内的椽子上，椽子已被多年的烟火熏得发黑。灯光照处，一个年轻的大食妇人正蹲在屋角给婴儿喂奶。年轻妇人惊声尖叫，慌忙扯过破旧的斗篷，遮住袒露的胸部。乔泰正要开口问话，突然对面的一扇门被推开，两个干瘦的大食男子挥舞着弯刀冲了进来。乔泰一把扯开外衫领口，露出金色徽标，那两个男子见了，陡然止步。

正当两人迟疑之际，一个年少者一把推开他们，向乔泰走去。此人汉语半通不熟，诘问乔都尉：

"军爷为何强闯妇人民宅？"

乔泰怒不可遏，"外面廊桥之上，有两人被杀。快说！谁干的？"

年少者飞快地扫了一眼被撞坏的门，满脸不悦道："街对面廊桥上发生的事跟我们毫不相干。"

"那廊桥连着你家，你这个狗崽子！"乔泰怒声喝道，"实话告诉你，上面有两具死尸。老实交代，否则我把你们统统捉拿回官府，大刑伺候！"

"官爷不妨仔细查一下，"大食人年纪尚轻，态度倒是不屑得很，"您难道没看到，被官爷撞坏的门已经多年未打开过了。"

乔泰转身细看，发现他刚才跌落进的那堆木头碎块是从一个高大橱柜上掉下来的。他瞥见门前方积满了灰尘，而被自己撞落的门锁锈迹斑斑。如此看来，那人所言果然不虚，通往廊桥的门确实已封闭许久。

"若是有人在过街廊桥上遇害，"年轻人又开口说道，"任何路过的人都有嫌疑。廊桥两端都有楼梯通到街上，据小民所知，街上的门户均未上锁。"

"如此说来，那廊桥有何用处？"

"小民家父阿卜杜拉，以从商为生。六年前，对街的房子也是家父的家产。后来房子转手卖给他人，那道门自此便被封上了。"

"你可听到什么动静？"乔泰问那年轻的妇人。妇人茫然望着乔泰，惊恐不语。那年轻人赶忙将乔泰的话翻译给妇人听，妇人笃定地摇摇头。于是他向乔泰解释道：

"房子墙壁厚实，再说门前还挡着一个橱柜……"他边说边用双手比画着。

另外两个大食人此时已将匕首插回到腰间，交头接耳说着什么。这时，那个老妪缓过神来，手指着地上的陶瓷碎片，厉声尖语，说个没完。

乔泰虽然不懂大食语，但也意会。"跟她说，所损物件必会赔偿。你，跟我来！"

他弯腰穿过门洞，年轻人紧随其后。站在廊桥之上，乔泰手指着大食人的尸体发问：

"此乃何人？"

年轻人在尸体旁蹲下身，草草看了一眼那张扭曲的脸，便松开尸体脖子上丝巾的结扣，手指在丝巾的褶皱间灵敏地摸索着。稳了稳心神，他不紧不慢地说道：

"身上没带钱和身份文书。我从未见过此人，但可以肯定他是大食国南部的人，因为那里的人素来擅长投掷标枪。"他把围巾递给乔泰，继续说道，"不过，凶手不是大食人。官爷可曾留意，围巾一角上系着一枚银币？这样可以加重围巾那头的分量，方便从身后将围巾绕住被害人的脖子，然后将其绞杀毙命。这是懦夫的武器。我们大食人只用长矛、刀剑和匕首——为了真主安拉和穆罕默德荣耀而战。"

"阿门，"乔泰酸酸地应了一句。乔都尉若有所思地看着两具尸体，心中对事情的判断已有大概。那个大食人本意不仅要杀死这个大胡子陌生人，还想连同他一起杀死。凶手一直埋伏在窗口等待时机，先放乔泰穿过廊桥，再等他的同路人跟上，待乔泰敲门的时候，遂放下套索，套住大胡子的脖子，以惊人的臂力将其吊起。然后，他又将套索系在钩子上，掏出标枪。不料，正当他准备推开对街的窗户，好将手里的标枪射向第二个目标的后背时，第三个人从背后用围巾勒死了他，然后逃之夭夭。

乔泰推开窗户，俯视着大街。

"我站在那里敲那扇该死的门的时候，竟完全将自己暴露在攻击范围内！"他喃喃自语，"那个尖利的枪头差点就穿透我这身盔甲！多亏了那位恩人，我才保住了这条小命。"他转过身，粗声吩咐那大食年轻人，"叫人去大街上雇顶轿子来！"

年轻人冲着破损的门洞吩咐了一番，那边厢乔泰已开始搜那个大胡子汉人身上，结果一无所获，没有找到证明此人来路的线索。乔泰无奈摇头，愁眉不展。

两人一筹莫展，只得静静等待。一会儿街上传来喧闹声，乔泰探出窗外，瞧见四个轿夫，手里举着火把。乔泰一把扛起汉人的尸体，然后命令那个年轻人道：

"守着你的同乡，自然会有官差前来料理。若有闪失，拿你和你全家人的性命是问！"

说罢，乔泰扛着死沉的尸体，一边留神脚下，一边费力挤下逼仄的楼梯。

三

陶干原路返回关津。走进巍峨的拱形大门,他瞧见关津内仍是一派忙碌景象,关津差人分拣着成堆的货包和箱子,他还嗅到一股浓烈的番国香料的辛辣味。陶干自关津后门离开后,朝自己那寒酸的客栈方向瞥了一眼,然后打南门进了城。

随着人流漫步前行,陶干得意地发现,路旁大多数稍微像样点的房子,自己还能辨认得出。看来自他二十多年前离开后,广州城没有太大的变化。

他认出右边那座高大的寺庙,便是关帝庙。他离开人群,迈步走上宽大的大理石石阶,来到庙门前。大门两侧,分立两尊八角石墩,其上各踞一只威武的石狮。依照规矩,左雄右雌:雄狮怒目下视,口嘴紧闭;雌狮昂头扬颈,狮口大张。

"这头母狮子一天到晚都不肯闭嘴!"陶干恨恨自语,"和我那惹人厌的前妻一个样!"

缓缓捻着衰白的胡髭,他发现,自己已有近二十年都没想起过那不忠的前妻了,心里不由一阵酸楚。这次是故地重游,毕竟年轻时在此地住过好几年,往事一下子涌上心头。原本恩爱的妻子竟无耻背叛自己,还栽赃嫁祸,以致他身败名裂,亡命天涯。他疾恶如仇,发誓从此不近女色,结果竟沦为江湖浪子。幸遇恩公狄仁杰,令他改过自新,更收他为亲随,使他又有了做人的希望。他一路追随狄公去多地外任县令,直至今日升任京城要职,陶干也被任命为主簿。陶干嘴角上扬,瘦长的面孔上露出一丝得意的笑,他冲着母狮子说道:

"广州城别来无恙,可瞧瞧我!我身居要职,腰缠万贯。万贯都不止,我跟你说!"他猛地一正幞头,不惧石狮狰狞面目,倨傲点点头,遂跨入关帝庙。

途经大殿,他往里溜了一眼,见殿内大红高烛光影摇曳,高处祭台上青铜香炉香焚灰满,几个香客仍在上香。四周蓝烟缭绕,透过烟雾,陶干依稀看见关帝爷端坐高台,面蓄胡髯,身塑金泥,手挥长刀。陶干一声冷笑,他素来不屑舞枪弄棒。他既没有乔泰身高力壮,也从不随身带兵器防身。然而,凭着过人的胆识和机智,他仍可以令对手魂飞魄散。陶干未再逗留,绕过大殿向关帝庙后门走去。凭着记忆,广州城最大的市集正对着关帝庙的后门。他寻思,不妨先逛逛市集,然后再从正街返回城北的黜陟使府。

关帝庙后是一片棚户区,人声嘈杂,骂声、笑声不绝于耳。空气里弥漫着难闻的油烟味。再往里走,街面上突然清静下来,只见四周残垣断壁、废弃房舍。每隔一段路,便可见新砖瓦堆和盛满灰浆的大瓦缸,可见此处正在营造房屋。陶干不时回头,但四下无人。他继续赶路,脚步不疾不徐。尽管天气闷热,他仍将长袍紧了紧,裹住瘦削的身体。

转过一条小巷,前方传来市集的熙攘声。远处一阵骚乱,陶干见一挂着灯笼的破门框下,两个衣衫不整的泼皮正猥亵一名女子。见此情形,陶干立刻奔上前去。见女子身后立着一泼皮,正一只胳膊勾住女子的下巴,另一只手将女子的双臂扭往身后。而女子对面的泼皮,已将她的衫裙扯开,露出胸部,意欲趁机凌辱。那泼皮并不打算就此罢手,还要解开女子的腰带,那女子哪里肯就范,拼命踹那泼皮的腿,竭力不让其近身。身后的泼皮将她的头往后一扳,另一泼皮一拳猛击在女子裸露的肚子上。

见此情景,陶干右手就近从砖瓦堆里抄起一块砖头,左手从瓦堆旁的瓦缸里抓了一把生石灰,悄悄靠近两人。突然,他举起砖头,朝女子身后泼皮的肩膀猛砸下去。泼皮手一松,抱住被击中的肩膀,发出哀号。另一个泼皮遂回身转向陶干,伸手欲抽腰间的匕首。怎料陶干一把石灰撒进他的眼里,泼皮手捂面孔,疼得嗷嗷直叫。

"来人,捉拿凶犯!"陶干大声喝道。

肩膀被砸的泼皮抓住哀号不已的同伴胳膊,一路拽着,顺着小巷，亡命而逃。

女子连忙理衣掩怀，气喘不已。隐约间，陶干见此女子面容清秀，一头秀发拢在脑后，在颈后绾了两个发髻，这是未出阁女子的发式。陶干估摸这个女子年约二十五岁。

"跟着一起去市集，快点！"他用广东话粗声说道，"趁那俩泼皮还没发现我在唬他们。"

女子仍在踌躇，他一把扯住她的衣袖，拽着她一路奔向市集的热闹处。

"姑娘，孤身一人走这僻静之处实在不妥，"他开口教训道，"莫非你认识那两个泼皮？"

"不曾。想必他们是流匪恶痞，"姑娘说话斯文，柔声和气，"奴家从市集过来，本想抄近路去关帝庙，不料竟遇上这两个歹人。他们先放我过去，然后又从背后突袭。多谢大哥及时助我！"

"真乃福大命大！"陶干气得大吼。说话间，两人已走出小巷，来到灯火通明的市集南端。此地熙熙攘攘，人来人往。他又嘱咐一句："还是等到天亮再去庙里为好！告辞。"

他刚要穿过摊头间的狭窄过道，不料姑娘将手搭在他的胳膊上，怯生生问道：

"劳烦告我前面店铺的名字。应该是家水果店，因为我闻到了橘子味。我要是知道现在所处位置，便能自己找到路了。"

说到这，她从衣袖里掏出一节细竹竿，然后抖出几节更细的竹节。原来这是一个伸缩手杖。

陶干连忙看看她的眼睛。姑娘双目毫无神采，浑浊无光。

"我必得送你到家方可。"他顿感愧疚。

"着实不必烦劳大哥。我对这一带熟门熟路,只要知道从哪儿出发即可。"

"我真该杀了那两个怂包无赖!"陶干恶狠狠地说道。接着又对姑娘说道:"这里,这是我的袖角。有我带路,你可早点回家。姑娘家在何处?"

"有劳大哥了。我就住在市集东北角。"

二人前行,陶干一路肘臂开道。走了一段路,女子问道:

"您可是巡防州府的差爷?"

"非也,非也!在下就是个商人,打西城来,"陶干对答如流。

"原来如此。恕有冒犯!"姑娘信以为真。

"姑娘为何认为我是官差?"陶干不禁追问。

她犹豫片刻,然后答道:

"其一,您的广东话说得很地道,而我的耳朵很灵敏,可以听出京城的口音。再者,您在吓唬那两个歹人时,话里自有威仪。其三,此地人人只顾自己,不管他人闲事。两个流氓欺负一弱女子,更没有百姓理会。我还敢断言,大哥为人善良,心思周全。"

"所言有理,"陶干悻悻道,"只是最后一点猜错了,差得远哩!"

他偷眼一瞄,见姑娘平静的面容上现出一丝微笑。她双目间宽,嘴巴阔大,颇有异域风情,然而在陶干眼中,却好似天仙下凡。二人一路无言。走到市集东北角时，姑娘说道：

"我就住在第四条小巷里，右手边。从这里开始，还是由我带路为好。"

街面狭窄，越往里走越黑，姑娘的手杖轻叩石板路面。路两旁的二层房屋皆为老式的破旧木房子。进入到第四条小巷时，四周一片漆黑。路面湿滑不平，陶干步步小心，以防摔跤。

"市集商贩几户人家共租一个房子，"她介绍说，"不到深夜，他们不会回来，所以此处非常安静。到了。留神台阶，陡得很哩。"

此时理当告辞，可他心想，事已至此，不妨多了解一下这个不寻常的女子。于是，他跟随姑娘爬上吱呀作响、没有一丝光亮的楼梯。上至二楼，她引至一扇门前，推门而入，说道：

"右手边的桌子上有一支蜡烛。"

陶干用随身带的打火匣点燃蜡烛，四下察看，见屋内方寸之间，陈设极简。地面是木地板；三面墙灰泥龟裂，正前方却没有墙，只有一排竹栅栏将屋子与相邻房子的屋顶隔开。夜空下，远处一排排屋子延绵不绝。房间井然整洁，一丝微风吹来，拂开街面上经久不散的暑气。蜡烛旁摆放着一只不值钱的茶篮，一盏陶制茶杯，还有一个盘子，里面搁着几片黄瓜和一把细长的刀。桌旁放着一条普通的矮木凳，墙边放着一条长凳。屋子深处高挂着一挂竹帘。

"清贫之地，款待不周。"姑娘不卑不亢，"引您到这儿，只因我最恨欠人情。我还年轻，颇有姿色。若大哥不嫌弃，我愿以身相报。床在竹帘后面。"陶干目瞪口呆,她却又平静地说道:"不必顾虑,我已不是处女之身。去年,我被四个醉酒的军士糟蹋了。"

陶干上下打量着女子,见她面色苍白,毫无表情,遂缓缓说道:

"你要么是个信口雌黄的老手,要么是个坦坦荡荡的清白女子。不论你是哪种人,我都无意与你行这苟且之事。不过,我素喜琢磨人,你这样的女子倒是第一次见。陪我喝杯茶,聊会儿天,你就不欠我人情啦!"

她淡然一笑。

"请坐!衣衫扯破了,我去换一件就来。"

她消失在竹帘后。陶干从茶篮里取出茶壶,给自己倒了一杯茶。正小口抿茶,目光却被屋檐下一根横杆吸引。横杆竹钩上挂着一排小笼子,有十来个,形状大小各异。身后长凳上方亦有一个架子,上面摆着四个青色陶罐,罐口用竹编的盖子遮得严严实实。他侧耳细听,听不出究竟,不由皱起了眉头。除去城市的嘈杂,陶干听到一种持续不断的嗡嗡声,但不知是从何处发出的。似乎那声音来自小笼子里。

陶干起身来到栅栏前,仔细察看。每个笼子上都布满了小孔,声音便是从那里发出的。他恍然大悟。笼子里装着蟋蟀。他对这类昆虫并无特殊嗜好,但他知道许多人犹喜听"蛐蛐"声,因此不乏玩家饲养数只于室,甚至不惜重金购买器皿贮之,有象牙镂空的,有银丝编制的。还有些人则热衷于斗蟋蟀。在酒馆或市集上，一对级别相等的蟋蟀被放在镂空的竹筒之中，蟋蟀生性好斗，一经稻草撩拨，振翅扑杀，由此赌局应运而生，吸引大量赌资。这时，陶干注意到，每只蟋蟀的叫声略有不同。然而，所有的鸣叫声皆被一清脆而持久的鸣叫所遮蔽，那叫声发自最后面的一个小葫芦。那声音先低后高，直至清亮高音。陶干取下葫芦，贴耳倾听。刹那间，颤抖的高鸣转入低吟。

女子从竹帘后转出，此时她身着绲黑边的橄榄青绿衫裙，腰束一条黑色窄带，款式简洁大方。她快步驱前，双手在空中拼命摸索着去够小笼子。

"别吓着我的金铃子！"她失声惊叫。

陶干忙将葫芦递在她的手中。

"我在欣赏这天籁之音哪，"他说。"你是要卖了这些虫子？"

"是的，"姑娘答道，遂把葫芦重新挂回到横杆上。"有的拿到市集上卖，有的直接卖给买主。这只虫子是最好的一只，相当稀有，尤其在南方更为罕见。行家都管它叫金铃子。"姑娘在长凳上坐下，纤纤玉手搁在腿上。"我身后架子上的瓦罐里，是我养的一些斗蟋蟀。可怜见的，一场斗下来，腿折角断。我虽于心不忍，但还得饲养它们，因为这桩买卖不愁买主。"

"你是如何捉得蟋蟀？"

"我只是沿着花园或者老房子的外墙漫无目的地走。听声音我就能辨别出哪只好、哪只不好。我切了水果做诱饵。那些小东西有灵性得很，仿佛认识我似的。我让它们在屋子里放风，只要一喊，它们就自己回到笼子里去了。"

"没人照料你吗?"

"无须他人照料,我自己过得很好。"

陶干点点头。他机警地一抬头,觉得自己听到门外楼梯有动静。

"你说邻居住户深夜才回来?"

"的确如此。"姑娘回答道。

他侧耳细听,只听到蛐蛐声,想必刚才是听错了。他仍心存疑虑:

"你大多数时间都独自待在这样的地方,是否妥当?"

"没什么不妥!对了,您可以说北方话。我听得懂。"

"无碍。我也想练习一下广东话。你可有家人在广州城内?"

"有。自打我的眼睛出了毛病,我就离开家了。我叫兰荔。我还是认为您是位官爷。"

"姑娘猜得没错。我在官府当差,是一个京官的随从。鄙姓陶。卖蟋蟀的钱足够你日常开销吗?"

"不仅够用,还有结余!我早晚各吃一块油饼,中午一碗面条就可以打发了。养蟋蟀成本甚微,却能卖出好价钱。就拿金铃子来说吧,值一锭银子!不过,我从没想过要卖它。今天早上听着它的叫声醒来,心里满是欢喜。"姑娘绽开了笑颜,接着说:"我昨晚才捉到它。天大的运气。我刚巧沿着华塔寺的西墙走……您知道那座佛寺吗?"

"知道。华塔寺,在城西。"

"就是那里。我突然间听到它的叫声,听上去像是受到了惊吓。我便放了一片黄瓜在墙根底下,然后呼唤它,就像这样。"

她噘起嘴唇,发出几乎以假乱真的"蛐蛐"声。"我蹲下身,等着。终于,它过来了。我听到咬黄瓜的声音。它吃饱肚子,心满意足。我衣袖里总是随时带着空葫芦,便哄着它钻进去。"她头一仰,说:"听!又开始叫了,真好听!"

"好听!"

"听久了,您也会喜欢听的。听声音就知道您是个好人,不会欺辱人。您是怎么对付那两个歹人的?他们似乎吃了不少苦头。"

"陶某并非武士。你肯定知道,我是有年岁的人了,比你大一倍。但我走南闯北,知道如何保护自己。兰荔姑娘,希望你也能学些防身之术。世上总有无赖泼皮欺负年轻女子。"

"您真的这样认为?恕我不敢苟同。在我看来,人一般都很心善。有人行为下流,多半因为他们自己过得不好,又寂寞难当,或者因为得无所愿。我敢打赌,那两个歹人连吃顿饱饭的钱也没有,更别说娶老婆的钱了!我当时吓坏了,是因为害怕他们凌辱我之后会把我灭昏。现在我想明白了,他们不会那么干,因为他们发现我眼瞎了,所以不会去官府告发他们。"

陶干气不打一处来,"下次让爷再见到他们,一人给一锭赏银好了!"他一口喝干茶水,又倒了一杯,咧嘴偷乐:"说到银子,那两人眼下正缺银子哪!一个右胳膊折了;一个即使洗干净眼睛里的石灰,这辈子眼都得瞎了!"

女子腾地站起身。

"竟如此鲁莽行事!"她杏目圆睁,"你还幸灾乐祸!伤天害

陶干将小葫芦还给兰荔(高罗佩 绘)

理，心狠手辣！"

"你少不更事，冥顽无知！"陶干反唇相讥，拂袖而起，夺门而出，临走不忘"客套"一句："多谢茶水款待！"

姑娘摸索到蜡烛，跟在陶干身后来到楼梯口，将蜡烛举高。

"留神脚下，楼梯又湿又滑。"话中不带一丝不快。

陶干嘴里嘟囔着下了楼。

来到巷子里，他仔细地打量着这座房子。职业习惯而已——他为自己找借口——反正再也不要回到这里。我本来就不需要女人，何况还是个傻乎乎的小娘们，去她的蟋蟀！他决然迈步离去，心里却翻江倒海，烦恼不已。

四

一条通衢正街自北向南,纵贯广州城。沿街商铺、饭馆、酒馆林立,彩灯招摇,亮如白昼。混入各色人群之中,听着身边口角争执之声,陶干的心情好了许多。一看见黜陟使府的高大外墙,标志性的嘲讽笑容又浮现在脸上。

黜陟使府四周鲜少店铺,人车稀落。高台衙门,朱漆大门,警卫森严。左边是衙署各司,右边为府兵大本营。陶干没有走直通大门的大理石宽阶,而是经过一段雉堞防护垛墙,来到府院东角的一扇小门前。他上前敲打门上的瞭望孔,向守卫亮明了身份,门随即被打开。他沿着石砌长廊,脚步"嗵嗵"直响,一路径直来到东边一座独立的院落,狄公下榻于此。

前厅，衣冠楚楚的管家见来客粗衣布履，不禁扬起眉毛，上下打量。陶干不动声色，脱去羊皮长袍，露出里面的深褐色长衫，绣金领口和袖口表明了他的官职。管家见状，连忙打揖作拜，毕恭毕敬接过破旧长袍，然后推开大门。

宽敞空旷的大厅内银烛台上点着十来支蜡烛，光线幽暗，中间两排粗大的朱漆立柱，气势非凡。大厅左侧摆放着一对宽大的雕花檀香木桌几长榻，桌几上立着一只长身青铜花瓶。大厅中央铺着一大块深蓝地毯。大厅最里，陶干瞧见一件镀金屏风前安放着一张巨大的书案，狄公端坐其后。书案对面摆放着一排矮脚凳子，乔泰遂坐在其中一张凳子上。大厅荫蔽凉快，四下里寂静无声。陶干举步驱前，鼻端隐约闻到檀木的幽香，还嗅到即将枯萎的茉莉花清香。

狄公仁杰身着宽袖绣金绳边紫袍，头戴金徽双翼宰相帽，袖手靠坐在扶手宽椅内。乔泰也是满腹心事的模样，呆视着桌几上的古董花瓶，宽大的肩膀耷拉下来。陶干惊讶地发觉，在这过去的四年中，狄公竟老了许多。面颊愈发消瘦，眼角和嘴角刻满了皱纹。两道浓眉乌黑依旧，而长髯、短髭和鬓角已然华发杂生。

陶干上前作揖，狄公抬起头，坐正身子，挥挥衣袖，声音洪亮而深沉地开口说道：

"快坐，坐在乔泰旁边。陶干，有桩坏消息。遣你二人乔装去码头打探，目前看来是明智之举，果然事情有所发展。一触即发。"狄公冲着仍立在一边的管家吩咐："重沏壶茶来！"

待管家离开，狄公将双肘支在案上，注视着自己的两位亲随。良久，他凄然一笑：

"伙计们，再次相聚实乃乐事！自进京以来，公事缠身，各有所尽职责，难得相聚。昔日我任县令，吾等几乎每日谈天说地，相谈甚欢。韶华难忘，彼时洪亮尚在……"他颓然抹了一把脸，但马上抑制住自己的情绪，恢复了常态。他挺直身体，"啪"的一声展开手中折扇，语气平缓地对陶干说："刚才乔泰目睹一起丧尽天良的凶案。在他告诉你案情之前，我想先听听你对广州城的印象。"

说罢，他冲瘦嶙嶙的陶干点点头，重又靠回到椅内，悠然摇着折扇。陶干直起身，娓娓言道：

"回禀大人，我和乔泰护送您回府之后，便乘小轿去了南城。依大人吩咐，在番坊找了住的地方。乔老弟在回教清真寺附近挑了一家小客栈，我便在城门外码头寻了一个住处。晌午时分，我俩在一家小饭馆碰头，吃了个午饭，一下午都在江边溜达。附近见到不少大食人。我们打听到将近有一千大食人在广州城内定居，还有一千人暂居在停泊港口的船上。他们独来独往，很少与汉人打交道。今日在关津，一名军士教训一个大食水手，其他人便趁机闹事。后来幸好一队士卒及时赶来，一个大食头领也适时出面制止，众歹徒才偃旗息鼓了。"

他凝神轻捻一下胡髭，继续说道："大人，广州城乃南方最为富庶之地，夜市声色犬马，珠江花船，艳名远扬。此地世事变化无常：经商之人，今朝腰缠万贯，明日沦为街头乞丐；赌桌上财聚财散，有人一夜暴富，也有人倾家荡产。不用说，大大小小的敲诈勒索、坑蒙拐骗之徒在此地如鱼得水，欺诈钱财的勾当数不胜数。不过，广东人重商唯商，不关心时局。他们若对朝廷偶有微词，也是因为大多数的商人痛恨官府插手他们的生意而已。我并没发现什么重大的民怨隐情，也看不出一小撮大食人能掀起什么风浪。"

见狄公沉吟不语，陶干继续禀道：

"离开码头前，我俩在酒馆里遇到一位倪姓船主，此人豪爽热情，通晓大食语、波斯语，曾到波斯湾做过生意。这位倪船主邀请乔泰明日去他府上。想着靠此人接近大食人，乔泰便答应下来。"陶干心中没谱，看了一眼狄公，问道："大人为何对那些异族蛮人如此感兴趣？"

"陶干，这是因为一个极重要的人物近日在广州城内失踪，而大食人是唯一的线索。"说到此处，两个仆人进来上茶。他们手里端着茶盘，里面摆着精致的古瓷茶具，管家在一旁盯着。见此情形，狄公止语不表。管家上前斟茶，狄公打发道："出去候着吧。"俄顷，狄公目不转睛地看着自己的两个亲随，说道：

"自从圣上抱恙，朝廷党派纷争。有太子党，意欲拥立太子继位；有皇后党，武后一心立武氏族人为嗣；还有一些人结党，为圣上驾崩后摄政造势。其中举足轻重的人物便是刘御史。他年轻有为，忠于朝廷。你俩虽未见过此人，想必也有所耳闻。我一向仰慕刘公，知他品性刚直不阿，胸怀大略，故而与其交往甚密。他若有不测，我定当鼎力相助。"

狄公呷了一口茶，吟思片刻，说道：

"大约一个半月前,刘御史行至广州,随行之人是他的心腹苏主事和若干精兵。政事堂遣他到广州来督查海上出兵安南的军务。返京后,他递交奏章,称赞黜陟使温健治政有方。如今我便是这黜陟使的客人。

"七日前,刘御史突然返回广州,此次只有苏主事相伴。他并非公务出行,因而无人知晓他重访广州的目的。他既没拜会黜陟使,也未曾到访黜陟使府,显然他不想声张,意在微服私访。黜陟使的暗探曾在番坊碰巧见到过刘御史和苏主事。据报,两人徒步而行,衣衫褴褛。黜陟使将此事上报京城,政事堂命他追访御史行踪,并通知刘御史火速返京,朝廷有要事交办。黜陟使调动所有差人、暗探,尽管将广州城篦了一遍,却一无所获。刘御史和苏主事活不见人,死不见尸。"

狄公深深叹了一口气,摇摇头,说道:

"此事高度机密,仅有少数几个高官知晓,毕竟御史长期不在京任职,会引发政局动荡。政事堂怀疑其中出了问题,便告知温大人此事已然了结,并令其中止搜查。而与此同时,政事堂命我秘密来广州调查,假借巡察外番通商之名,实际是要找到刘御史,弄清楚他来广州以及滞留此地迟迟不归的缘由。苏主事无须再找,他的尸体就躺在侧厅。乔泰,你来告诉他详情!"

乔泰便将发生在番坊的双重命案大致说了一下,陶干听罢目瞪口呆。待乔泰说完,狄公说道:

"我一看见乔泰带回的尸体,便认出是苏主事。想必苏主事是在码头上发现你俩的,并认出了乔泰。他从未见过陶干,所以你俩在一起的时候,他并未上前相认,而是尾随你们去了酒馆。一待你俩分头行事,他便上前与乔泰搭话。谁料,一个大食杀手和一个神秘矮人悄悄尾随在苏主事身后。想必那两人窥见苏主事与乔泰交谈,于是便马上下了毒手。番坊犹如迷宫,街巷交错纵横,岔路隐蔽,歹人及其同伙便埋伏在乔泰和苏主事可能经过的两三条巷子里。大食杀手事成一半,只杀死了苏主事。他原本还要杀死乔泰,但不明来路的第三个人出手制止,并勒死了他。可见,我们的对手是两个团伙。他们组织严密,手段都极其残忍,但相互利益又有冲突。如此看来,刘御史处境万分险恶。"

"大人,刘御史的下落,一点线索都没有吗?"陶干问道。

"没有,但有明显证据表明,他对此地的大食人很感兴趣。你上午出去找住处之后,温大人带我到了东院,安排我住在那里。我让他把去年岭南道和广州城的秘档拿给我看,以便对此地的情形有一个大致了解。一个上午我都在仔细查看卷宗,但并未发现异常,没有和大食人相关的情况,也没有可引起刘御史疑心的状况。不过,我倒是看到,有暗探报告说曾见过刘御史和苏主事。据案呈描述,两人衣着褴褛,神色焦虑。刘御史当时正和一个过路的大食人交谈。正当暗探准备上前查实身份时,三人便在人群中消失了。探子事后立即禀报了黜陟使府。"狄公喝干杯中的茶水,接着往下说。"离京之前,我查看了御史处理的事务,却找不到任何与广州或大食人相关的线索。至于他的私事,据我了解,他家境殷实,却至今未娶,而苏主事是他唯一的知己好友。"他看了两名亲随一眼,眼神颇为凌厉:"切记,不得透露半点风声给温大人！刚才与他一起用茶时，我告诉他，苏主事是京城人氏，但身份不明，与此地的大食流氓沆瀣一气。必须要让温大人认为，我们来此地的目的是来巡察外番通商贸易。"

"大人，这是为何？"乔泰不解其意，"他可是此地的最高长官，可以帮我们……"

狄公断然摇头。

"务必牢记，刘御史未将他第二次来广州的事透露给温大人。刘御史秘密出访意味着事情重大，连温大人也不能透露。也可能意味着，御史无法信任温大人，怀疑他与所追查之事有牵连。无论出于何种考虑，至少在对情况了解一二之前，我们必须按御史的保密原则行事。由此，我们便无法利用当地官署提供的便利。不过今日用过午饭之后，我还是召见了黜陟使府的法曹，令他挑四个暗探来协助一些外围调查。司法监察总算还是相对独立的，地方官员无权干涉，他们直接听命于京城。"狄公叹了一口气，又道："现在你们应该清楚了，此次任务相当棘手。表面上佯装与黜陟使共同完成不存在的任务，同时还要暗地里谨慎调查。"

"何况还有一个躲在暗处的对手监视我们！"陶干失声大呼。

"不是监视我们，而是监视刘御史和苏主事，"狄公纠正道。"因为那个人或者那些人并不知晓我们此行的真正目的，这是朝廷机密，唯有政事堂知晓。他们监视苏主事，那刘御史可能也受到监视，因为他们不想让他俩与外界接触。一旦事情败露，他们便会杀人灭口，可见御史危在旦夕。"

"大人，黜陟使有什么可疑之处吗？"乔泰问道。

"目前尚未发觉。离京前,我去吏部查过他的档案。从案卷看,他勤奋刻苦,为官有道,二十年前担任本地衙门法曹时,便崭露头角。后来,他去几处地方任县令,颇有政绩,于是升任刺史。两年前,他再次被派往广州,任岭南道黜陟使。他家风清正,有三子一女。唯一对他的微词是说他野心勃勃,一心觊觎京城府尹之职。长话短说,我当时随机应变,编了个理由,把苏主事遇害之事搪塞了过去,然后令他在晚饭前一刻召集与外番通商的广州行董,希望能借此从中打探一些大食人的消息。"他站起身说道:"现在去议事厅,他们应该到了。"

三人往门口走时,陶干问道:

"刘御史如何会与异邦蛮人扯上瓜葛?"

"目前尚且不知,"狄公也不敢轻言判断,"有迹象显示,大食国各部落目前在哈里发的率领之下,其骑兵已占领了大食国之荒凉西部的大部分地区。罢了,那些荒蛮国度在我大唐开化之地外围,其内部时局与我朝无甚干系,何况那个哈里发还不够资格派遣进贡特使,乞求圣上封侯加爵。但是,也有可能他将来会勾结我朝西北边境外的要敌——突厥人。再者,大食船只也有可能为安南叛军提供武器。只此两点,亦非同小可。罢了,只不过是些虚言妄想罢了。走吧!"

五

管家一路引狄公和两名亲随在迷宫般的回廊之中穿行。中庭里点着彩罩油灯,衙署役员、驿使和府兵各自忙碌着。管家带着他们三人穿过一扇气派的大门,进入议事厅。厅内富丽堂皇,几十支一人高的烛台,烛火通明。

黜陟使身材高大,肩阔膀圆,络腮胡须。他向狄公略施一礼,精美的织锦绿色华袍幽光闪动,宽大袖口随之拖曳于花岗岩地板之上。官帽翅翼上的金徽微微颤动,叮当作响。听到狄公介绍乔都尉和陶主簿,他又作揖致意,但态度倨傲,敷衍了事得很。接下来,他向三人介绍正跪在他身边的一个瘦弱老者,此人名鲍宽,任广州都督。都督叩首致意。

狄公吩咐都督起身免礼，并随意打量一眼鲍宽，见此人焦眉皱眼，便随着黜陟使往大厅深处走去。黜陟使恭请狄公落座，座椅气派，犹如龙椅宝座，他自己则毕恭毕敬立在座台前。他虽官居岭南道首位，仍比狄公低几个官阶。狄公此时任政事堂宰相，同时兼任大理寺卿亦有两年有余。

狄公施然入座，乔泰、陶干二人分立两旁。陶干头戴乌纱帽，身着褐色长袍，正襟危立；乔泰头套尖穗头盔，身佩一把府兵利剑，紧身甲衣显出他的宽膀壮臂。

黜陟使一躬身，煞有其事地说道："奉狄相之令，召来了梁福和姚开泰二人。梁福乃广州城内最富有的商人之一，他……"

"此人可是出自当年几乎惨遭灭门的梁家？当时，梁家有九人遇害。"狄公连忙插话问道，"本官十四年前审过此案，当时在浦阳县任上。"

"狄相此案断得绝妙！"黜陟使奉承道，"广州城内无人不知，无人不晓。人人赞不绝口，传诵至今！不过，这个梁福是另一支梁氏家族，为已故梁将军之独子。"

"家世显赫。"狄公打开折扇，继续说道，"梁将军骁勇善战，足智多谋，素有'南海王'的美誉。本官虽与梁将军只见过一面，但将军容貌异乎寻常，令狄某至今难忘。梁将军身材矮胖，肩膀阔壮，五官扁平，低额高颊，容貌甚至算不上是平平之相，然而其目光犀利，让人一见便知此人雄才！"狄公轻捋胡髭，然后问道："为何没有子承父业？"

"回狄相，梁福体弱多病，不宜从军。此乃憾事，但他和将军一样，精明能干，如今生意做得风生水起，就可见一斑。至于其他小的方面，他棋艺超群！梁福是岭南道棋坛第一高手。"黜陟使捂嘴轻咳几声，接着说道："以梁福之身份，断不会屈尊与异邦蛮商勾……通商。不过，他眼观六路，耳听八方，消息来源广泛。姚开泰恰好相反。他与外商来往甚密，大多是大食客商和波斯客商。他百无禁忌，自己出身……呃……普通，为人倒也开明随和。窃以为，梁、姚二人可将下官辖区内的商贸情况，向狄相做个全面介绍。"

狄公闻之，颇不以为然："偌大广州城，应该不止两个通晓外番商贸之人吧。"

黜陟使飞快地瞄了狄公一眼，镇静说道：

"回狄相，外番商贸因为官府也参与其中，故而管理严密。而幕后操纵者实为他们二人。"

乔泰驱前一步说道："乔某听闻，有位倪姓船主也是这方面的行家。他的船队来往于广州和大食各港口之间。"

"倪船主？"黜陟使向都督投去询问的目光。鲍宽慢条斯理地捋着山羊胡子，含糊其词地说道：

"哦，想起来了！此人在航运界颇有些名气。不过，近三年来他好像都待在陆上，平日里行事……呃……相当放荡不羁。"

"原来如此。"狄公说道，转而又对黜陟使说道："那就把你提到的那二人传进来吧。"

黜陟使让都督吩咐下去，自己则登上座台，站在狄公右侧。鲍宽领着两人走上大厅，只见其中一人矮小瘦弱，另一人高个凸肚。两人座台前下跪，鲍都督将前者梁福、后者姚开泰一一加以介绍。

狄公命二人起身。见梁福面无血色，神情冷淡，唇髭黑亮，山羊胡须稀疏；柳叶弯眉，眼睫异长，从上半部面孔看，颇有女子相。他一身青绿长袍，头顶的纱帽表明他功名在身。姚开泰风格迥异：一张圆脸，面带微笑，唇髭粗茬浓密，络腮胡髯齐齐整整，大眼，眼角细纹密布。姚开泰气喘微微，红光满面，汗珠如豆；褐色锦缎礼服太过繁重，实在拖累。

狄公客套几句，然后开始询问梁福有关商贸的情况。梁福说一口标准的官话，句句切中主题，言谈七窍玲珑，举止泰然自若。据他介绍，广州的大食番坊比狄公预想的规模还要大，估摸有一万大食人遍布在城区、郊外。狄公听闻，不由大吃一惊。不过梁福又说，大食侨民的数量随着季节有所增减，大唐和大食的船只都要等候冬季季风，借风前往安南和马来，然后航行至锡兰，转道横渡印度洋，直至波斯湾。梁福介绍说，大食、波斯帆船可载五百人，而大唐船只则更胜一筹。

轮到姚开泰了。刚开始面对朝中大官时，他竟一时怯场，说话语无伦次。但当他介绍自家生意时，狄公很快发现此人头脑精明，深谙理财之道。姚开泰介绍完大食商人进口的各种货品之后，狄公说道：

"本官无法想象，你是如何分辨那些外番人的。在我眼里，

梁、姚细述与大食的贸易(高罗佩 绘)

他们都长一个模样!每日与那些尚未开化的异邦人打交道,必是一桩苦差事!"

姚开泰耸耸肩。

"回狄相,在商言商,得一视同仁!有些大食商贩倒也对大唐文化有个一知半解。大食番坊首领曼苏尔便是如此。他汉话说得好,经常大宴宾客。今日傍晚,小民就应邀去他家赴晚宴。"

狄公留意到姚开泰脚下不安地动着,似急于离开,便说道:

"多谢姚先生知无不言。你现在可以退下了。今晚带着乔都尉一起去赴大食人晚宴,让他也开开眼界。"

他示意乔泰凑近,小声叮嘱:"摸清大食人在城内的分布情况,多听,多看!"

一名副尉领乔泰和姚开泰出门去了,狄公与梁福又聊了一会儿其先父当年的海上战事,然后也打发梁福回去了。待两人走后,狄公默默摇着折扇,突然对黜陟使说道:

"此地远离京城,广东人是出了名的我行我素,骨子里不肯受制于人。再加上这些外番侨民,维护城内安宁实属不易啊。"

"回狄相,下官不敢有所怨言。鲍都督治理有方,手下办事得力,驻军又都从北方来,骁勇善战。本地人有时确实有点粗鲁,但也还都遵纪守法,总的来说,还有点机智……"

黜陟使耸了耸肩。鲍都督见状,欲开口插话,但很快打消了念头,把话咽了回去。

狄公"啪"的一声合上手中折扇,起身离座。黜陟使将狄公和陶干一路送至厅外,再嘱管家送回东院。

月色如水,匝地琼瑶。在狄公的提议下,一行人便来到后花园。花园小巧精致,内有一座亭台,一方金鱼池沁出丝丝凉意。两人在雕花石栏旁的小茶几边坐下。狄公将管家打发走,然后缓缓说道:

"此次会面着实有趣。除去知道大食人的数目比我们原先预估的还要多之外,并未获得什么有价值的线索。或许我漏掉了什么?"

陶干郁闷地摇摇头,过了片刻才开口道:

"大人,您先前说过,刘御史家世清白,洁身自好。但他有没有什么特殊的癖好?比如年轻男子……"

"我也曾考虑过这一点。身为大理寺卿,我可借助种种便利来调查他的私生活。他本人相貌堂堂,却不好女色。京城不乏名门望族有意招其为婿,但均未果。若是旁人,像他这样地位,必定是夜夜笙歌,青楼名妓陪酒助兴,而他却从不寻花问柳。这并不能说明他天生反感女性,尤其在青年才俊身上,这一点很常见。他之所以不近女色,是因为心系公务,心无旁骛。"

"他就没有什么嗜好吗?"

"无他,唯有酷爱蟋蟀。刘御史收藏了不少上品蟋蟀,有的善鸣叫,有的善斗。上次与他聊天时还曾聊过此话题。我发现他袍袖里传来'蛐蛐'声，他便掏出一只银丝编就的蟋蟀笼，说他随身携带的那只蟋蟀，品种罕见，名唤金铃子，我应该没记错。他……"见陶干神情大变，狄公忙止住话头，惊问："有何不妥？"

"是这样的，"陶干缓缓答道，"在回来的路上，我恰巧遇到一个卖蟋蟀的盲女，她昨晚在外面捉了一只金铃子。想必这也是巧合，但她也说这是稀有品种，尤其在南方，它或许……"

"这就要看她是在何地、以何种方式捉到的。"狄公一语中的，"快仔细说说经过。"

"回大人，我是在市集附近偶遇这女子的。她平日捉蟋蟀，靠辨声识虫。西城有座名寺，华塔寺，她就是在寺外西墙根听到了金铃子的独特鸣叫声。想必虫子是躲在墙缝之中，据她说，叫声恓惶，像是受了惊吓，于是她便放下诱饵，将蟋蟀哄入一只葫芦之中。"

狄公不置可否，只捋须沉思。少顷，他正色道：

"现在很难定论此事是否巧合。不过，你我无法排除一种可能，那便是御史当时恰好在那附近，逃出笼子的金铃子确实就是御史的。趁乔泰在曼苏尔晚宴上探听消息，我俩去华塔寺转转，看看能否找到刘御史在那里逗留过的痕迹。我听说，那是广州名胜之一。不妨在路上寻处小饭馆用晚饭吧。"

"大人，使不得！"陶干大惊失色，断然回绝，"昔日您任县令时，偶尔微服出访，倒无大碍。今夕不同往日，大人乃朝廷要员，万万不可……"

"使得！我也非去不可！"狄公打断他的话。"在京城，有碍身份、地位，我行事不得出格，实在身不由己。现在远离长安，置身广州城，我绝不会错失这难得的出行良机！"不容陶干再说什么，狄公"腾"地起身，丢下一句："我去换身衣服，前厅会合。"

六

和姚开泰一起离开议事厅,乔泰火速赶往兵器库,脱下戎装,换上一件浅灰薄棉布袍,扎上一顶黑色幞头,然后去与姚开泰会合。姚开泰提出先去他家小坐,因他也想换身衣服再去赴宴。于是两人坐上姚家的轿子,轿内的垫子又厚又软,一路舒舒服服地来到姚家大宅。姚宅就在黜陟使府西边,毗邻光孝寺。

乔泰一边坐在宽敞的会客厅等着姚开泰换装出来,一边用疑惑的眼神打量着厅内俗艳奢华的陈设。靠墙条案上摆满了光灿灿的银制花瓶,里面插满着蜡制假花;墙壁上装点着书法条幅,尽是吹捧姚开泰的溢美之词。上茶的丫鬟衣着朴素,但装扮浓艳,脂红膏厚,眼睛直勾勾地上下打量着宾客,一看便知女子的舞姬出身。

没过一会儿,姚开泰出来了。他已换上轻薄蓝袍,歪戴一顶黑色弁帽。"启程吧!"他轻快地说道,"你瞧,我今晚忙得很。晚宴后还有一件要紧的事要处理。好在这些大食晚宴结束得早。"

"那里可有什么好吃的?"乔泰坐在轿子里,问道。

"菜肴很简单,可独具特色,但自然比不上我们汉人的美味珍馐。乔都尉可曾尝过广东的酱焖八爪鱼,或者清炖鳗鲡汤?"

他绘声绘色描述起这些菜肴来,只听得乔泰垂涎三尺。接着,他又谈起了本地米酒和烈酒,可谓滔滔不绝。乔泰心想,此人定是锦衣玉食、养尊处优惯了。姚开泰虽然一副暴发户派头,言行粗陋,但也不让人讨厌。

两人在一间不起眼的白灰墙门房前下轿,乔泰忍不住大叫:"今日午饭我本来吃得就早,再加上你这一番描述,说得我饥肠辘辘。我现在吞得下一整只烤乳猪!"

"嘘!"姚开泰赶忙提醒道:"万万提不得猪!穆斯林连提都不许提。他们也不许饮酒,但喝另一种佳酿。"说话间,他已叩响大门,门上镶着鱼形凸饰。

一个头戴条纹头巾的驼背大食老者前来开门。他领两人穿过一个小庭院,来到一座长方形的花园,只见园内种着低矮的奇花异草。一个高瘦的男子上前迎接。月光下,他的头巾和飘逸的长袍显得分外的白。乔泰一眼认出此人——正是码头上呵斥大食水手的男子。

"愿祥和与你同在,曼苏尔!"姚开泰开心地打着招呼。"我擅作主张，带了一位朋友过来，这位是乔都尉，京城来的。"

大食男子一双炯炯有神的大眼注视着乔泰。在深棕色的肤色映衬下，眼白愈发明显。他说汉语，声音浑厚，语速很慢，但很地道：

"愿主赐福所有虔诚的教徒！"

乔泰琢磨，这种问候如果仅限于穆斯林之间，那就不应包括自己和姚开泰。若是这样的话，那他就显得很无礼。这边厢他刚想明白，那边大食男子和姚开泰早已俯下身子，热火朝天地说起了种花之道。

"尊贵的曼苏尔和我一样，都酷爱摆弄花草。"姚开泰直起身解释道，"这些花香浓郁的花草都是他大老远从他自己的国家带来的。"

乔泰已闻到园子里幽香阵阵，可因刚才无礼的问候，加上咕咕作响的肚子，惹得他毫无赏花的雅兴。他板着脸，打量起后面的平房。月光下，只见屋后便是清真寺宣礼尖塔，乔泰估摸曼苏尔的房子距离他的小客栈不远。

终于，曼苏尔领着两位客人走进花园后面一间宽敞通风的房间。房屋正面是一排尖形高拱门，造型奇特。一进门，乔泰便沮丧地发现，里面一件家具也没有，更别说餐桌了。只见地上铺着蓝色厚绒地毯，屋角摆着几只鼓囊囊的丝缎枕头；天花板上悬吊着一盏八枝青铜油灯；整面后墙满挂着一幅他从未见过的帘子，帘子用铜环挂在天花板下的一根横杆上，而在大唐，帘子通常是被穿在竹竿上的。

曼苏尔和姚开泰盘腿坐在地上。犹豫片刻，乔泰依葫芦画瓢，也盘腿坐下。显然曼苏尔留意到他脸上的苦恼神色，于是便小心翼翼地探问：

"想必这位贵客不介意坐在地上吧？"

乔泰没好气地答道："身为武将，没有那么多讲究。"

"我们大食人也安时处顺。"主人冷言以对。

乔泰打心里厌恶此人，但又不得不承认，此人仪表不凡。他五官端正，轮廓分明，鹰钩窄鼻，唇髭细长，两端卷翘，颇具异域风情。见他轻薄白袍之下，双肩紧绷，结实的肌肉在微微起伏，想必此人耐力非凡。

话不投机，三人一时冷场。为了化解尴尬，乔泰指着墙上一道精巧图形问道：

"那些花型符号可有什么含义？"

"那是大食文字，"姚开泰急忙解释，"是神圣的经文。"

"大食语有多少个字？"乔泰问曼苏尔。

"二十八个。"曼苏尔回答得干脆。

乔泰惊呼："天老爷啊！就这几个？大唐汉话可有两万多个字哩！"

曼苏尔嘴角带着不屑的笑。他转身一击掌。

"他们到底怎么用这二十八个字来表达意思呢？"乔泰只好悄悄问姚开泰。

"他们不用表达太多意思！"姚开泰笑眯眯地轻声说道，"上菜了！"

只见走进来一个大食小伙。他手里端着一只硕大的铜雕花圆形托盘,上面摆着几只炸鸡、一把壶,还有三只彩色珐琅杯。小伙从壶里倒出透明的液体,然后退了出去。曼苏尔举起杯子,郑重说道:

"贵客来临,蓬荜生辉!"

乔泰品了一口,茴香味馥郁浓烈,觉得美味无比。炸鸡闻着很香,可他没看到筷子,一时竟不知该如何下手。觥筹交错,几巡之后,曼苏尔和姚开泰直接用手撕开炸鸡,乔泰有样学样,动起手来。咬了一口鸡腿肉,齿颊生香。用过炸鸡,上来一盘堆成尖的藏红花炒饭,里面用料十足,羊肉片、葡萄干,还有杏仁。乔泰也觉得好吃。他学着他们两人的样子,用手指直接抓饭吃。这时,有仆人端上一盆香气四溢的清水,乔都尉洗濯干净双手,往枕头上一歪,心满意足地咧开大嘴笑了:

"大饱口福了!来,再来一杯!"喝干之后,他对曼苏尔说:"我俩可是邻居!我住在五仙客栈。我说,你们大食人是否都住在这个番坊?"

"大部分都住在此番坊。我们一般在清真寺附近定居。一有大食船舶进港,教徒们便会在宣礼塔顶上诵读经文,同时在塔顶点燃一支引航火炬,祝祷船只平安入港靠岸。"他喝了一大口,接着说下去,"约莫五十年前,教祖的一个亲戚来到广州城,后来死在东北城门外的住所里。愿安拉保佑他!虔诚的信徒便聚集在那块圣地周围,以便守墓。再后来,大食水手们约定俗成,住在六家大馆舍里,都离关津不远。"

"我在这里遇到一个汉人船主,"乔泰拾起话头,"他会说大食语。姓倪。"

曼苏尔看了他一眼,眼神颇为警惕,却不露声色地说:

"倪船主的父亲是汉人,母亲却是波斯人。波斯人都是酒囊饭袋。四十年前,奈赫温之役,伟大的哈里发率领勇士,把他们打得落花流水,落荒而逃。"

姚开泰又敬了一杯,问道:

"哈里发领地以西,那儿的人个个白肤、蓝眼、黄发,可是当真?"

"断无这样的人!"乔泰嚷嚷起来,"定是妖魔鬼怪!"

"确是如此,"曼苏尔一本正经地说,"他们也是善战之人。还会写字,只是倒过来写,从左往右写。"

"那就对了!"乔泰释然,"就是鬼怪!阴间地府里,万事万物都与阳间相反。"

曼苏尔一饮而尽。"有的人还长着红头发。"他说。

乔泰不禁多看了他两眼。此人一派胡言乱语,定是在说胡话。

"呃,曼苏尔,来支大食舞,如何?"姚开泰满脸堆笑,然后对乔泰说道:"乔都尉,可曾见过大食舞姬?"

"闻所未闻!能与大唐的相媲美?"

曼苏尔坐直了身子。

"安拉在上!"他高声说道,"竟发出如此疑问,可见你孤陋寡闻!"他一拍手掌,用大食语厉声吩咐仆人。

"看那帘子!"姚开泰喜不自胜,小声对乔泰说,"运气好,可以大饱眼福!"

幔帘交缝处,闪身出来一女子,身材不高不矮,赤身裸体,仅在臀部围了一条黑色流苏窄带;窄带低系,腹部袒露,光滑圆润的肚皮光泽诱人,与镶嵌在肚脐里的绿宝石交相辉映;蜂腰其间,两头丰胸肥腿;皮肤金棕蜜色,脸蛋生动,却不符合汉人美女的标准;眼眶涂着黑色眼影,显得眼睛大得突兀,猩红嘴唇太过丰厚;青丝如墨染,乌黑油亮,却打着稀奇古怪的发辫。这些异国情调令乔泰难以接受,却不知为何,竟为之神魂颠倒。女子亭亭玉立,轻佻秀美,美目顾盼,灵光水动,令乔泰突然想起多年前打猎时曾误杀的一头雌鹿。

她娉婷走进房间,脚踝上的金镯叮当作响。尽管寸缕蔽体,她却毫无忸怩状,大大方方在曼苏尔面前弯腰施礼,右手轻触酥胸,随即向姚、乔二人点头致意。接着跪拜曼苏尔,双膝并拢,纤纤玉手摊放在大腿上,手掌和指甲涂着鲜红蔻丹,乔泰见此情状,惊讶不已。

看见乔泰一副目眩神迷的样子,曼苏尔得意地一笑。

"这是朱穆鲁德,翡翠舞舞姬。"他轻声说道,"让她为客人献舞一支。"

他又拍拍手,两个宽袍大食人从帘后出来,蹲坐在远处的角落里。其中一个用大拇指敲打起一面木制大鼓,另一个则拉着长藤弓给弦琴调音。

曼苏尔盯着女子,目不转睛,眼里满是压抑的激情。女子瞟了他一眼，跪着半转过身，毫不遮掩地注视着姚、乔二人。曼苏尔见她正要开口和姚开泰交谈，便连忙高声吩咐乐师开始演奏。

琴声奏起，暗哑哀怨，朱穆鲁德双手交叉，置于脑后，随着缓慢的节奏，扭动腰肢。渐渐地，她向后仰去，头越来越低，最后触到地板，枕在交叉的胳膊之上。此时，她乳房耸立，乳头紧绷，满头卷发散落在玉臂上。她闭上双眼，浓密的长睫毛如同流苏，轻拂光滑脸庞。

琴师移动弓弦，节奏愈来愈快，单一的鼓声相和，愈发强调了这种快节奏。乔泰以为舞姬会起身舞蹈，怎料她仍一动不动。他蓦然讶异地发现，她肚脐上的那块绿宝石缓缓地前后移动，弯曲的躯干却纹丝不动，唯有肚皮在鼓动，忽上忽下，忽左忽右，断断续续，别具一格。鼓点愈发急促，绿宝石开始打转，圆圈越转越大。绿宝石在灯光下发出邪恶的幽光，乔泰双眼被它紧紧勾住，浑身血涌澎湃，喉头发紧。汗水滑过脸庞，汩汩流下，他竟毫无察觉。

鼓声骤然停息，乔泰也恍然醒来。琴声止于最后一个尖锐的音符。房间内鸦雀无声，舞姬抬起上半身，恢复到跪姿，动作如野兽般轻巧自如。她娴熟地整理好头发，胸脯上下起伏着，赤裸的身体上沁出一层细细的汗水。到此时，乔泰才注意到她身上散发出浓烈的麝香味，里面带着一丝冲鼻的体味，味道很奇怪。尽管乔泰心里清楚，这个味道不好闻，但他的身体仍被激起某种原始的本能反应，让他想起了打猎时野兽的味道以及激战中汗马和鲜血的味道。

帘后走出一名舞姬（高罗佩 绘）

"妙哉！妙哉！"曼苏尔大加赞赏。他从腰带里掏出一枚金币，丢到女子的膝盖前。她捡起金币，看也不看一眼，便扔给了两名乐师。接着，她向乔泰挪过去，操着一口流利的汉话，娇声问道：

"生客自远方来？"

乔泰咽了咽口水，喉咙发紧。他慌忙拿过杯子，抿了一口，故作镇定地答道：

"打京城来。在下姓乔名泰。"

她盯着乔泰看了好一会儿，眼波流转，转而又面向他的邻座，兴致索然地问候：

"姚先生，一向安好？"

商人满脸谄笑，模仿大食风俗说道：

"托安拉的福，在下身体无恙！"嘴上说着，眼睛还盯着那女子的胸脯。他偷瞟一眼曼苏尔，说："有诗云，硕果压枝低！"

朱穆鲁德给姚、乔二人斟满酒杯，曼苏尔脸色阴沉，目光如炬。女子身体靠向乔泰，浓烈似野兽般的体味熏得他意乱情迷。他紧握巨拳，竭力抑制内心的冲动。她凑近乔泰，露齿一笑，贝齿如珠，一垂首，呵气如兰，吐字殷殷：

"奴家住在第四排第一条船上。"

"给我过来！"曼苏尔大吼。

女子转身过去，曼苏尔用大食语训斥着她。

她一脸厌弃，扬起眉毛，用汉话傲然答道：

"我爱和谁说话，就和谁说，我的众船之主。"

曼苏尔怒气冲脑，面目狰狞。他眼露凶光，怒吼道：

"口出妄言，赶紧低头认罪！"

女子朝着他面前的地上啐了一口。

曼苏尔破口大骂，跳起身，一把薅住她的头发，把她拎起来；另一只手扯下她臀部的流苏窄带，将她扭身面向两个客人。他咬牙切齿地说道：

"好好看个够！就是个拿来卖的婊子！"

她挣扎着想要脱身，他却猛地将她身子扭过来。强按她跪下，把她的头按到地板上，又对乐师怒吼一声，琴师连忙起身，将琴弓递给曼苏尔。

乔泰将目光从低伏的女子身上移开，冷峻地对曼苏尔说道：

"曼苏尔，教训人这种事还是关起门来为好，免得客人难堪。"

曼苏尔怒目瞪向乔泰。他正欲开口说话，却生生咽了回去，手里扬起的琴弓亦垂了下来。他紧咬嘴唇，松开女子的头发，颓然坐下，嘴里咕哝着什么。

舞姬站起身。她捡起撕裂的流苏，转向姚、乔，双眸怒火丛生，尖声说道：

"记住他说过的话。谁出价高，我就跟谁！"

她昂首走进幔帘。两个乐师紧随其后。

"好泼辣的小娘子！"姚开泰打着圆场，"不好调教啊！"他为曼苏尔又斟满一杯，举杯说道："今日多谢款待！"

曼苏尔点点头，没作声。姚开泰站起身，乔泰也跟着起来。

他本想也说几句客套话,但一看到曼苏尔眼中的恨意,便打消了念头。主人送他们穿过香气四溢的花园,直至大门口,相互客套几句,主客便草草道别。

姚家轿夫慌忙站起来,乔泰却摇摇头。

"不妨走走吧,"他对姚开泰说。"屋内闷热,又喝得我头昏脑涨。"

肥头大耳的商人态度犹疑:"路人都认得我,我这样抛头露面,有失身份呀。"

"我还是羽林军都尉呢!"乔泰悻悻说道,"街面上一个人影也无,没人会看到咱俩。走吧!"

俩人朝街角走去,轿夫们远远跟在后面。

"多好的宴席,"乔泰抱怨道,"那厮万不该闹那一出。"

"蛮人能做出什么好事!"姚开泰不以为然,耸耸肩,"可惜你出手拦下了。她近日气焰太甚,揍她一顿也是为她好。不过,她到底不是纯种的大食人。她的母亲是水上的蛋民,因而格外骄横不驯。话又说回来,曼苏尔不敢真下手抽她,否则会出血留下疤痕。"

他舔了舔嘴唇。见他如此做派,乔泰心生厌恶,一改先前对他的好感。此人生性龌龊,内心腌臜。他气呼呼地说道:

"曼苏尔看起来真的想抽她。可为何不敢留下疤痕?"

这个问题显然让姚开泰一时难以回答。他犹豫片刻,才说道:

"其实,曼苏尔不是她的主人,据我所知,是这样。我估计,她背后是个有权势的金主。虽然那些人不介意自己的女人出场跳舞，挣点零用钱，但肯定不愿看见她们被打得皮开肉绽。"

"可曼苏尔说花钱就能买到她！"

"噢，那只是在臊她。都尉，别想入非非！还是别买那些黑皮肤的女子。没有教养，性子野得很。好了，恕我要上轿了。我还有一个约会在……在我的一座别院。"

"别误了时辰！"乔泰感觉好生没趣，讪讪言道，"我自便喽。"

姚开泰用眼角余光偷瞄他一眼，似乎觉察到了同伴的态度变化。于是，他将一只肉乎乎的手搭在乔泰胳膊上，嬉皮笑脸地讨好道：

"都尉，改天带你去！我供养的那个妇人天性羞涩，别院也……呃……不同一般。我隔三岔五去一次，换个口味嘛！我在家里也被伺候得很舒服，非常惬意。好歹我也花了那么多钱在妻妾身上。我的别院位置方便，离家不远，就在光孝寺南面第二条街角。我倒是乐意现在就带你去，只是去见的妇人害羞得很，是个难得的人儿！我俩趣味相投，这一点不妨事，可是她要是见我领着生人去，或许会……"

"罢了，"乔泰打断他，"别让人久等，否则她就跑了！"他边走边嘀咕着："我看，她要是聪明的话，就该逃走！"

又过了一条街，他招了一顶小轿，告诉轿夫去黜陟使府。轿夫们一路小跑，乔泰身子往后一靠，想打个盹。可他一闭上眼睛，就看见大食舞姬的摇曳身姿，仿佛又闻到了勾人心魂的香气。

七

狄公与陶干自角门出了黜陟使府,沿着正街一路闲逛。两人都已有些年纪,一副读书人打扮。狄公身穿深蓝棉布袍,系皂色腰带,头戴黑色丝质弁帽。陶干身上的褐色长袍已洗褪了色,头上仍然戴着几乎从未摘下来过的旧绒帽。

走过都督府衙,他们看见一家饭馆,便走了进去。狄公挑了一张靠里的桌子,以便观察店内往来的客人。他嘱咐陶干点菜,"你会说当地话,点一碗大份的上汤云吞,听闻本地云吞尤其鲜美。再来份蟹粉炒蛋,也是广州特色名菜。"

"来壶本地的米酒吧。"陶干提议。

"你素来节俭,"狄公笑着说,"我看你是被乔泰带坏了!"

"我与乔泰走动多些,"陶干说道,"他那拜把兄弟马荣自打成家之后,便大门不出二门不迈的!"

"正因如此,我此次出门便没带上马荣。他终究安定下来了,我心甚慰。我不愿让他卷入是非之地,免得又把他引回老路上去。凭我三人之力,也可找到刘御史。"

"狄公,刘御史身上可有什么印记,或者什么习惯动作?一会儿在寺里打听的时候,可以问问?"

狄公捻着腮须,想了想。

"嗯……他仪表堂堂,乃出入庙堂之人,举止雍容磊落。说话口气也是一条线索,一听他说话便知是个当官的,都是官场用语。哈,上汤云吞闻着就香!"狄公用筷子捞起一只云吞,送进嘴里之前,又说了一句:"别泄气,陶干,我们以前联手破过更难的案子。"

陶干一听,释然一笑,于是津津有味吃了起来。这顿饭简单,却吃得甚是满足,饭后两人又呷了杯酽酽的福建茶,然后结账,走人。

街上昏暗,行人也少,正值晚饭时分。走到西城,人逐渐多起来,到了华塔寺前的街道,更是人声鼎沸。男女老少,身着华服,都朝着华塔寺涌去。狄公掐指一算,恍然大悟:

"今儿个是大慈大悲观世音生辰日。寺内必定挤满了香客。"

刚走进山门,果见寺院里热闹非凡,堪比夜市。一条石子路直通前殿大理石高阶,路旁临时竖起一排灯柱,上面挂着彩罩油灯。路两边支着摊位,经书、念珠,甚至玩具、蜜饯,琳琅满目，应有尽有。卖油饼的小贩在人群里钻来钻去，高声叫卖。

狄公望着熙攘的人群，颇为气恼地对陶干说："来得不是时候！这么多人，要到何处去寻？对了，那座赫赫有名的宝塔在哪里？"

陶干朝空中一指。大雄宝殿背后，赫然矗立着九重华塔，塔身高近二十八丈，塔尖半球圆顶在月光之下熠熠生辉。每层塔檐下悬挂着小巧银铃，微风拂过，叮当作响。

"壮哉！美哉！"狄公大为叹服，赞不绝口。览毕，他继续往前走，不经意间瞥见右边一簇修竹下有一座茶亭。亭内空无一人，大家都忙着观赏美景，无暇来此品茗。亭子前立着两个衣着俗艳的女子，还有一个相貌丑陋的老妇人，一边东张西望，一边倚靠在亭柱上剔着牙。

狄公嘱咐陶干："你先走，四处查看一下。我稍后就来。"

狄公举步走上亭子。个头稍矮的女孩年纪尚小，姿色平平；高一点的女子三十上下，厚厚的脂粉也无法掩盖皮肉生意对她的摧残。老丑妇赶紧将姑娘们推至一旁，满脸堆着假笑，上前用广东话搭讪狄公。

"我想和你的姑娘们聊聊，"老太婆叽里咕噜，说个没完，狄公听得一知半解，懒得听她聒噪，便打断了她。"姑娘们可听得懂官话？"

"聊聊？鬼话！要么给钱，要么走开！"老妇官话十分蹩脚，声音粗嘎，"六十文。去寺庙后面的空房间。"

年长一点的姑娘刚才一直懒洋洋地看着狄公，此时向他招手，一口地道的官话，急切地说道：

"这位客，带奴家去吧！"

"那个老秸秆，倒是只需三十文！"老太婆讥笑道，"何不花六十文，挑个雏儿呢？"

狄公从衣袖里掏出一把通宝钱，递给老太婆。

"就要那高个姑娘。"他的语气不容商量。"不过，我要先和她聊两句。我挑剔得很哩。"

"虽然不明白爷的意思，可既然给了这许多的钱，由您怎么玩！反正她已经挣不到几个钱，养着她也蚀本！"

狄公示意女子随他到亭子里去。他们在一张小桌几旁坐下，旁边的小伙计一脸鄙夷。狄公吩咐他上一壶茶，又要了一盘瓜子和蜜饯。

"这是做甚？"女子大感不解。

"我只想找个人说说家乡话，成天广东话听得厌烦。和我说说，你是怎么大老远跑到南方来的？"

"您不会爱听的。"她阴沉着脸。

"先说给我听听也罢。来，喝杯茶。"

她大口喝了茶，吃了蜜饯，然后愤愤地说道：

"我犯傻，遇人不淑。十年前，我和一个江苏丝绸商贩相好。他常到我父亲的面摊上吃面条，后来我就跟他跑了。头几年，日子过得还不错。我喜欢走南闯北，他待我也不错。后来我们到广州做生意，我给他生了个女儿。一见不是男孩，他很生气，就把孩子溺死了。那以后，他看中了一个本地女子，就想甩掉我。一个北方妇人，不会唱也不会舞，很难卖得出手。大点的花船要广东女子，或者能歌善舞的北妹。他便将我贱卖给了一个蛋民。"

"蛋民？是何等人？"狄公十分好奇。

她急吼吼地将一大块蜜饯塞进嘴里，口齿不清地说道：

"也被人喊作'水户'，跟你说吧，相当特别的一群人。广州人看不起他们，说他们是北方野蛮人。早在汉人之前，就从北方南下，来了有一千年了。蛋民只能待在关津附近江里的船上。他们生在船上，成家在船上，也死在船上。官府不许蛋民上岸定居，也不许他们和汉人通婚。"

狄公点点头。此时他也记起，蛋民被驱逐出城区，其行为活动受律法严格管束。

"我在一家船上妓院里卖身。"她接着说道，此刻已没了戒心。"那些杂种说的话古怪得很，叽里咕噜，跟猴子似的。你听了就知道了！那些妇人总是靠着下三烂的药和毒药，到处胡搞。那些人把对汉人的仇恨发泄到我身上，只给我吃残汤剩饭，穿破衣烂衫。嫖客大多是番国的水手，因为大唐妓院不让他们进。现在知道我在那里过的什么日子了吧！"她抽抽鼻子，又拿了一块蜜饯。

"蛋民很怕自己的妇人，只因她们半数都是巫女，却待我如最下贱的奴隶。他们喝醉酒胡闹，就叫我脱光衣服跳下流舞，一跳就是几个时辰，我刚想歇息一下，他们就拿船桨从后面抽我。妇人也羞辱我，说汉人女子都是荡妇，汉人男子更喜欢蛋民女子。她们成天吹嘘，说在八十年前，一个中原大人物偷偷娶了一个蜑民女子，他们的儿子后来成了一个有名的将军，称呼圣上为'皇叔'。你能信吗？哎呀，后来又被卖给一家城里的妓院，我可算解脱了！就算不是高档妓院，至少也是汉人开的。最近这五年都待在那里。跟你说，我知足了！我有过三年好日子，那也强过大多数女子，她们一天好日子也不曾有过！"

狄公觉察已取得女子信任，便趁机挑明了话题。

"是这样的，"他说，"我现在遇到一件难事。几日前，我原定要和一位北方来的朋友在此会面。不料船期延误，直至今日下午方才上岸。我不知他在何处下榻，但猜想定是在这附近，因为他提出在华塔寺见面。假使他仍未离开广州城，也必定就在这一带。姑娘每日都得站街拉客，对来往男子会格外留意，想必可能见过他。年龄三十上下，高个，俊秀，些许心高气傲的样子。只留有短短唇髭，下巴、腮帮均无胡须。"

"客刚好晚了一日！"她说，"他昨晚来过这，差不多就这个时辰。四处溜达，看着像在寻人。"

"你可曾和他说话？"

"那还用问！我一向留心北方客。客说得没错，他模样俊，就是穿得破旧。我不在乎，上前招呼他，出半价我也肯，却碰了一鼻子灰。他瞧都不瞧我一眼，径直向大殿走去。傲气得很！客不一样，客是好人！我看一眼就知道……"

"今日可曾见过他？"狄公等不及地问道。

"未曾见过。故而方才说客来晚了。我此时还是客的人。何不现在一起去我屋子？客若喜欢，我跳蜑民舞给客看。"

茶亭偶遇得消息（高罗佩 绘）

"不必了。我还得在庙里找我的朋友。姑娘怎么称呼？住哪？或许稍后会去找你。这是预付的定金。"

女子心花怒放，将她所住的街名告诉了狄公。狄公去柜台问伙计讨要了一支毛笔，将地址写在纸片上，然后付了茶钱，打发了那烟花女子，遂向大殿走去。

正当他要抬脚踏上汉白玉须弥座石阶时，陶干迎上前来。

"大人，我大致看了一圈，"他神情颇为沮丧，"没瞧见刘御史模样的人。"

"刘御史昨晚来过此地，"狄公将情况告诉他。"显然乔装打扮而来，与黜陟使府暗探瞧见御史和苏主事时的情况一致。走，一起进去看看！"这时，他瞥见台阶旁停着一顶大轿，六个穿着齐整的轿夫正蹲在轿边歇息，不禁问道："此时可有大人物在庙内？"

"回大人，是梁福。一个和尚告诉我，他定期到庙中与方丈下棋。方才在回廊里碰到梁福，我本想躲开，怎料那人眼尖得很，一眼就认出了我，问是否需要他帮忙。我就搪塞说只是来随便逛逛。"

"明白了。看来，你我得要加倍小心才是。有充分证据表明，御史在此正进行秘密调查，我们不可公开打探，反而暴露御史行踪。"狄公遂将从妓女那里打听来的情况叙述了一遍。"我们到处走走，想办法自己把御史找出来。"

事违所愿，很快他们就发觉事情比预料的困难得多。寺院里殿堂、房舍众多，自成一体，由狭窄回廊、过道相连。院内人群混杂,处处可见老僧、沙弥,还有乡下来的香客,在金塑佛祖巨像和宏大壁画前叹服不已,却始终未见御史样貌的人。

在正殿参观完大过真人的观音像之后,他俩去后院探了探,最后来到一座大殿前,里面正在做法事。香案前堆放着供品,六个和尚正坐在蒲团上诵经。门口跪着几个衣着洁净的男男女女,想必是逝者的家人。人群背后,立着一个老和尚,满脸不耐烦。

狄公决定还是去打听一下御史的下落,毕竟其他地方他们都已找过,除了宝塔,但宝塔此时被封了个严实,据说以前曾有人从塔顶跳下自杀身亡。他趋步向前,向老和尚描述御史的模样。

"这位施主,贫僧未曾见过此人。贫僧确信,今晚没有那般模样的人来过寺里。法事开始之前,贫僧一直在山门殿,施主所述之人样貌突出,如若出现,贫僧定会记得。失陪了,贫僧还有法事要照看。一场法事可得丰厚报酬。"说罢,他急匆匆又道:"法事所得钱财大半都用来焚化乞丐和流民,他们无亲无故,也无帮无派。哎,这倒是提醒了贫僧!昨晚有人抬了一具流民尸体来,倒像是施主的朋友!自然不会是他,那人穿得破破烂烂!"

狄公心头一惊,看了陶干一眼,迅速向老和尚亮明身份:

"我乃朝廷命官,所寻之人是朝廷特派的探子,故而会乔装打扮为乞丐。速速带我去看尸首。"

老和尚面带惧色,张口结舌:

"官爷,尸首停在西配殿祭房内。过了午夜方可焚化。今儿为大吉之日,不宜火化。"他唤来一个小沙弥,吩咐道:"领这两位官爷去祭房。"

小沙弥领二人来到一废弃的小院。小院深处有一间低矮的黑屋子,紧挨寺院外墙。

小沙弥抽鼻嗅了嗅,一脸苦相。

"要不今晚就都烧了!"他嘀咕着,"这大热天的……"

狄公没理会他,一把揭开最外面尸体盖着的土布。一张面部浮肿、满脸胡须的脸露了出来。狄公又一把盖上土布,再去揭开另一具尸体面部的盖布。狄公寂然不动。陶干从小沙弥手里夺过蜡烛,举至桌前,让烛光照到光滑苍白的脸上。只见尸体头顶的发髻松散,绺绺湿发紧贴着高高的额头。尽管生命已逝,然而御史神情仍镇定自若,傲然磊落。狄公猛转过身,冲着小沙弥咆哮道:

"把方丈和寺监叫来,马上!拿着,把这个给他们看!"

他从衣袖里摸出一张印有他大名和官衔的朱红名刺,递给惊恐万分的小沙弥。小沙弥仓皇跑开。狄公弯下腰,仔细查看御史尸首的头颅。他直起身子,对陶干说:"未发现一处伤口,连块瘀痕也不曾见到。我来举着蜡烛,你查看一下身体。"

陶干掀开盖布,脱下死者的破上衣和打着针脚粗陋补丁的裤子。除此之外,身上再无他物。陶干仔细察验,只见御史皮肤光洁,身材匀称。狄公高举蜡烛,在一旁沉默无语。陶干翻转过尸身,查看后背,然后摇了摇头。

"未发现遭受暴力的迹象,没有瘀斑,没有擦伤。我再翻翻衣服。"

他重又给尸体盖上土布,开始翻看破上衣的袖子。"这是什么?"他大叫起来,遂从衣袖里掏出一个银丝编就的小笼子,不足一寸见方。笼子一边已被压扁,小门松垮地开着。

"正是刘御史装蟋蟀的笼子。"狄公声音已嘶哑,"再看看还有什么?"

陶干又翻查了一遍。"再无他物!"他喃喃地说道。

听见屋外有人,随后一个和尚推门而入,毕恭毕敬引进方丈。方丈身材魁梧,八面威风,身穿黄色僧袍,肩披紫色袈裟。他弯腰施礼,烛光照亮他圆顶脑袋,剃得溜光锃亮。寺监在方丈身边跪下。

狄公见门口一群和尚朝屋内探头探脑,厉声呵斥寺监:

"我可是只传了方丈和你寺监前来?把其他人等统统轰走!"

方丈惊恐万分,吓得瞠目结舌,说不出话来。还是寺监转过身,呵斥众僧散开。

"关门!"狄公命罢,遂对着方丈说道:"方丈,莫要惊慌!"他手指着尸体,问道:"这人怎么死的?"

方丈缓过神来,颤着声音回道:

"狄相,本寺……本寺确实对其死因一无所知!这些穷人是死后才被人送来的,本寺将尸体焚化,乃是善举……"

"你们理应知晓大唐律法,"狄公打断他的话。"若无尸格,应送交衙门尸检,无论有偿无偿,严禁寺庙擅自焚化尸体。"

寺监哀号:"狄相明断!这些尸体就是衙门送来的呀!是昨晚两个衙役送来的,用担架抬着。他们说这人是身份不明的流民。小僧亲自签收的!"

"如此说来,另当别论了,"狄公淡淡言道,"你俩可以退下了,就待在庙里。晚些时候,我兴许还会找你们问话。"

两人抖抖索索站起身,仓皇退下。狄公对陶干说道:

"我必须知道衙役是在何地如何发现他的,我还要查阅仵作的尸格。古怪的是,衙役怎么会把那个银丝笼子留在他袖子里,毕竟那是件值钱的古董。陶干,速去衙门,查问都督、仵作,还有发现尸体的人。叫他们将尸体送至黜陟使府,就说死者为京城密探,是我派来的。我再到寺里四处查看一下,稍后就回。"

八

乔泰的轿子抬至黜陟使府角门时,离子时只差半个时辰。他上轿时吩咐轿夫绕个远道走,好在这夜晚透透气,清醒清醒头脑。结果事与愿违。

他见狄公独自一人坐在大书案旁,双手托腮,仔细研究着铺在案上的广州舆图。乔泰上前问安,狄公语带疲惫地说:

"快坐!我们已经找到御史了。被害了。"

他向乔泰简要叙述了当晚的经过:陶干如何与盲女相谈,金铃子的线索如何引他们在寺内找到御史的尸体。乔泰一听,身子一激,几乎跳起来。未等他开口发问,狄公又说道:

"尸体送来后,我让黜陟使府的仵作仔细查验过尸体,从头到脚,未放过一个可疑之处。他发现御史曾遭人下毒,是一种慢性毒药,汉人医书上未曾记载,唯有住在船上的蜑民知晓如何配制。若被大剂量下毒,人当即毙命;如若剂量小,只会引起全身倦怠,但十数天后也必死无疑。还说,这种毒如果不查看喉部,是万万检查不出来的。黜陟使府的仵作近期处理过蜑民内部人的案子,否则他也看不出死因是下毒,从而会误判为心疾猝死。"

"难怪都督府衙的仵作未能发现中毒!"乔泰说出自己的判断。

"都督府衙的仵作从未见过尸体。"狄公声音透着疲惫,"半个时辰前,陶干和都督一起回了都督府。两人一同查问了衙门的差人,却无人知晓昨夜送流民尸体去寺里的事。"

"天老爷啊!"乔泰吁吁惊呼。"这么说,那两个送尸体的衙役是假冒的!"

"确实如此。我立即叫人传来寺监,可惜他对那两个自称为衙役的人无甚印象,给不出有用的线索。那两人也无甚特别之处,普通衙役打扮,黑尖帽盔。一切妥当,没有异样。故而无法责怪寺监未能看清楚。"他叹了口气,继续说道:"御史遇害当晚稍早时分,曾有人看见他在寺里出现;再者,蟋蟀为另一条线索。这两件事都说明一点:谋杀就发生在寺院附近。衙役的差服需提前准备,可见这是一起蓄意谋杀。御史的尸体没有遭遇暴力的痕迹,面容平静,说明他定是被某个或某些熟悉的人诱至圈套。这些都是需要我们搞清楚的事。"

"狄大人,那个盲女肯定知道更多的事!您说过她告诉陶干,在抓蟋蟀之前,她在墙边蹲了许久,或许她听到了什么。眼睛看不见的人,耳朵总是灵敏得很。"

"我有些关键问题要问那个姑娘,"狄公神情严肃,"我仔细查看过停尸房背后的墙。墙新近刚被修过,砖头严丝合缝。不错,我定要见见那个姑娘!我已经叫陶干到她的住处,去把她带回来。他已经去了一段时间,理应快回来了。对了,大食人的宴席如何?"

"回大人,吃得好,喝得好,不过我得说,我不喜欢曼苏尔那厮,盛气凌人,待客也不友善。趁他喝多口风不紧,我便按大人吩咐,打听广州城大食侨民的分布情况。"乔泰站起身,俯身看着案上的舆图,指点着说道:"此地是清真寺,曼苏尔和大多数大食人都住在周边。我住的小客栈离这儿不远。东北门外,还有一小块大食人聚居区,靠近他们一个圣人的墓地。这些大食人在此地定居已多年。大食水手暂居在江边客栈里,等候季风随时起航。"

说完,乔泰坐下,狄公颇为烦恼。

"此事不妙!如此一来,如何才能监管那些番邦异族!我要和黜陟使商议此事。大食人、波斯人和其他的外番人,都必须集中在番坊内,周围竖以高墙,留一扇门进出,日出开门,日落闭门。还须指派一个大食人为坊正,向官府报告坊内情况。如此,既可监管他们,又可令其遵循自己的风俗而不致干扰我大唐百姓。"

大厅一侧的门开了,陶干推门而入,走到书案前坐下。狄公一眼瞧见他面色忧郁,便问道:

"没能带来那个盲女?"

"回大人,鬼知道那里发生了什么事!"陶干一边嚷嚷,一边擦拭着额头上的汗珠。"那女子失踪了!蟋蟀也一只都不见了!"

"陶干,先喝杯茶。"狄公心平气和地劝慰道,"把经过说一遍。从头开始,从你巧遇她开始。"

陶干将乔泰倒给他的茶一饮而尽,然后答道:

"狄大人,我在一条僻静小巷内撞见她被两个泼皮欺负,就在市集旁边。我赶跑了那俩浑厮,才发现她是个瞎子,于是便送她回家。她住在市集的另一头,与别人群租。在她房内,她招待我喝了杯茶,还告诉我她捉到了一只金铃子。她独自一人住在那里。刚才我赶去她的住处,发现原先挂在竹竿上的十几只蟋蟀笼、装着斗蟋蟀的罐子,还有茶篮,统统都不见了。我到隔帘后面去看,只看见一张空床架,被褥也都不见了!"他又喝了一口茶,接着说下去:"我向住在同一楼层的小贩打听,他说他只在楼梯口见过女子一两次,但从未说过话。然后,我就去了市集,让管事的给我看登记簿。租给卖蟋蟀的摊位都登记在册,但没有兰荔的名字。管事的说,市集允许摆临时摊位,不收费用。于是,我便去找蟋蟀摊主打问,想从他嘴里打听出点消息来。他说他听说有个盲女在卖蟋蟀,但未曾见过。事情经过就是如此!"

"又是个骗局!"乔泰小声说道,"陶兄,你被那刁女耍了!"

"休得胡说!"陶干勃然大怒,"那场街头非礼,绝无可能是为我提前设计好的。即使有人跟踪我,他如何知晓我会走那条小巷?我只是随意溜达,况且路那么多!"

"依我看,"狄公说,"想必他送那女子回家时,被人盯上了。你们两人太过注目。"

"哎呀,定是如此!"陶干叫了起来,"我们当时在屋内说话,我曾听到楼梯嘎吱嘎吱响!肯定有人在偷听我们说话。他们听到她对我说,她曾捉到金铃子,便起歹心绑架了她!"

"如果女子不是自己离开,事情才如你说的那般。"狄公冷冷说道,"捉蟋蟀的说法纯属是她编造,我根本不相信。她肯定是在御史被害时捡的。另一方面,从她给你寺庙线索这一点来看,似乎可以证明,她所在的帮派是杀害御史凶手的对手,和勒死企图杀害乔泰的那个人一样。总之,我们目前处境被动!有人显然清楚我们此行的目的,而我们却丝毫不知这些人是谁、他们有何企图!"他气得直扯胡子。他紧压怒火接着又说:"在寺里见过御史的妓女告诉我,蛋民船只都泊在关津附近。这就是说,他们离归德门内的番坊不远。由此推断,御史在那一带出现了,可能并非是去查大食人的事情,而是查水上妓院的事。再者,运送刘御史尸体的那两个假衙役是汉人,更有理由证明我们不应光盯着大食人。"

"可是大人,苏主事是被大食无赖杀死的。"乔泰说。

"据我所知,蛋民妓院主顾多为大食人,"狄公说道,"所以那无赖很有可能在蛋民妓院里被人收买。我想多了解些这些异族人的情况。"

"曼苏尔今晚的宴席上有个表演,那个大食舞姬有蛋民血统。"乔泰急切地说道,"她似乎就住在花船上。我明日可以去找她,了解一些水户的情况。"

狄公看了他一眼,目光锐利,似乎看穿了他的心思。

"去吧,"他不露声色,"去看这个舞姬,应该比赴倪船主的约更有用。"

"大人,我也想去见见倪船主,要是明日上午不用我办差的话。我有个感觉,曼苏尔厌恶倪船主。且去听听倪船主是怎么说曼苏尔的!"

"如此甚好。见过两人之后,立即向我禀报。还有,陶干,你一吃完早饭便直接过来。我们得起草一份刘御史被害的案呈,上呈政事堂。须由专使送至京城,政事堂得在第一时间获知刘御史的死讯。我会在案呈中建议,先将此事保密一两天,以免影响朝堂上微妙的权力格局,好帮我争取一点时间,查出这起滔天罪行背后的阴谋。"

"狄大人,黜陟使对他辖区内发生的第二桩命案怎么看?"陶干问道。

"目前尚不知晓。"狄公的脸上微微现出一丝笑意。"当着他府内的医生,我没说那具尸体是御史,只说是我的一个手下,与蛋民女子有瓜葛,才惹祸上身。我已命人装殓好尸首,尽快送至京城,苏主事的尸首也一并送走。明日见到黜陟使,我同样的说辞会再跟他说一遍。对了,要留心那个黜陟府的医生,此人很精明!他说御史看起来面善。他只是在一个半月前见过御史,幸好御史第一次来广州时,着官服盛装出行。陶干,撰写完案呈,我俩一起去拜会一下梁福。他经常出入那座疑点重重的寺庙找方丈对弈,我们不妨从他那里了解一些有关那处佛家圣地的情况。我还打算问问梁福,大食人在此地闹事的可能性有多大。与广州本地人口相比,大食人虽只占很小的比例,可乔泰刚刚在舆图上指出他们所控制的区域甚广。因而,他们可以轻而易举地制造一起混乱。混乱本身无甚大碍,但若被别有用心者利用,试图掩盖某时某地的罪行,就极其危险了。那个通晓大食事务的姚开泰,是否可靠?"

乔泰皱起眉头,谨慎地说道:

"狄大人,姚开泰外表和气,其实笑里藏奸,不是个好人。至于杀人越货、权术阴谋……不会,还没坏到这个程度。"

"明白了。至于那个谜一般的盲女,要尽快查出她的下落,而且不得让本地衙门得到一丝风声。陶干,明日一早,回黜陟使府之前,你顺路去趟衙门。私下塞给班头一锭银子,拜托他去找找那女子。就对他说,她是你侄女,行为不检点,一旦有消息,直接告诉你。如此行事,便不会危及那女子的性命。"他起身抻直长袍,又说道:"罢了,今晚大家好生休息!嘱咐你们一句,把门锁好上闩,从目前的迹象推断,你们想必是被人盯上了。哦,对了,陶干,明日见过班头之后,再去拜访一下都督,把这张纸片交给他,上面记着在寺院里和我交谈的那个妓女的姓名和住址。令鲍都督传唤那妓女和老鸨，为她赎身，安排她乘坐北上最快一班的兵船回老家。再叫都督赏给她半锭金子，这样她回村后还能给自己找个人家嫁了。所有费用都从我私人账上支出。女子身世可怜，给了我很有用的线索，受之无愧。各自散了，歇息去吧！"

九

翌日,天未亮,乔泰便已醒来。借着屋里唯一一支蜡烛,他手脚麻利地洗漱穿衣。正当套上甲衣之时,他犹豫了一下,遂将沉重的甲衣扔到椅子上,穿上一件铁甲背心。"这是防止后背疼痛的良药!"他一边自言自语,一边又在背心外罩上一件褐色长袍,腰间缠上长长的腰带,又戴上黑色弁帽。装束完毕,他下楼告诉哈欠连天的掌柜,说若有轿子来接他,叮嘱轿夫等他回来。说完,他便出门去了。

街上晨光熹微,一个小贩用力扇着挑担里的炉子。乔泰买了四张刚出锅的油饼,一边大口咀嚼,一边朝着归德门走去。一到码头,他看见黎明的霞光映红了江边的船只桅杆,曼苏尔的船已经开走了。

一队卖菜的小贩，肩挑扁担，两头挂着装满白菜的篮子。小贩们从乔泰身边鱼贯而过，乔泰与走在最后的贩子搭上话，连蒙带猜带比画，乔泰花了七十文，连扁担带菜，包圆买了下来。贩子哼着本地小曲跑开了，心里乐开了花，他多要了北佬的钱，又省得跑那么远的路去船上做买卖。

乔泰挑起扁担，踏上码头边第一条船的船尾。从那儿，他上了第二条船，再跳上了第三条船。他步步留神，因为雾气让狭窄的跳板格外湿滑，而船民们显然认为跳板是洗鱼的好地方。不仅如此，船上邋遢的婆娘们还往浑浊的江里倒粪水马桶，臭气熏天，直熏得乔泰暗自骂娘。不时有厨子招呼他，他都没有搭理。他想先找到那个舞姬，然后再好好看看这些水户。一想到朱穆鲁德，他的喉咙便奇怪地开始发紧。

天气依然凉爽，担子也不算重，但因为还不习惯挑担，没多久他便大汗淋漓。他在一艘小船的船头停下脚，四处张望，见此处已望不到城墙，四周桅杆林立，上面挂着渔网和洗晒的衣物。船上走动的男男女女与汉人迥然有异：男子腿短臂长，下肢发达，行走迅捷，步幅惊人。他们肤色黧黑，颧骨高耸，鼻子扁宽，鼻孔大张；一些年轻女子有种粗犷美，圆脸大眼，眼波灵动。她们蹲在跳板上，边用重重的圆木棒槌捶打着衣服，边叽叽喳喳聊着，乔泰完全听不懂她们在说什么。

那些男女仿佛都在刻意回避着乔泰，但他仍感觉有人窥视，让人不安。"定是汉人鲜少到这里来的缘故！"他暗忖，"我一转身,那些丑八怪矮子就盯着我看!"当终于看见一片狭长的开阔水面时,他不禁松了口气。一座竹桥通往一长排首尾相连的大船,大唐船的式样,花里胡哨的,排排相连,宽大跳板上带有扶栏。第四排在最后,几乎泊到了江道中央。乔泰爬上最近一艘船的船尾,宽阔的珠江江面在眼前展开。他能辨认出对岸船只的桅杆。他数了数——自己站在第四排第三条船上。前面的那艘船大如战舰,耸立的桅杆上绸幅飘飘,彩罩油灯环绕舱檐,形如灯带,晨风微送,灯带轻摇。乔泰顺着窄窄的舷板登上大船,一路小心地保持挑担的平衡。

三个伙计睡眼惺忪,正在舱口闲聊。乔泰与他们擦身而过,走进前面乌漆墨黑的过道里,那几个伙计漫不经心地瞥了他一眼,遂又继续聊着天。过道边是一排简陋的门,空气里弥漫着令人作呕的劣质油耗味。瞧着四下无人,他迅速放下挑子,向后甲板走去。

一个姑娘姿色平平,身上唯一的裙子污渍斑斑,她正盘腿坐在板凳上剪脚趾甲。姑娘看见乔泰,无动于衷,甚至连裙子都懒得费事拉下来。一路走到这里,一切所见所闻都令乔泰灰心丧气,但当他走到船身中部时,情绪陡然高涨起来。这块甲板显然已刷洗过,干净整洁,对面有一道朱漆大门。一肥头大耳的男子浑身绫罗绸缎,站在栏杆旁大声漱口。旁边一个白衣女子为他端着茶盅,一脸不情愿的样子,裙子也是皱巴巴的。突然,那男子一阵犯恶心呕吐,呕吐物有的吐到江里,有的吐到白衣女子的衣服上。

"别拉着脸,小心肝!"乔泰走过去说道,"想想昨晚的酒账提成,你可捞了不少!"

女子破口大骂,乔泰并未理会,趁机溜了进去。船檐上悬吊着白绸罩油灯,过道里光线昏暗。乔泰仔细辨认朱漆门上的刻字。"春梦""柳枝""琼花"——均为青楼名妓的花名,但都不是朱穆鲁德的汉译名。走到尽头,最后一扇门上没有挂名牌,但门上装饰有精美的花鸟图案。他一转门把,门没锁。他推开门,闪身而入。

舱房内很昏暗,但比普通的舱房大得多,且陈设豪华,空气闷热,麝香味浓郁不散。

"来都来了,何不靠近些?"舞姬的声音传来。

此刻,他的眼睛已适应了舱内的光线,见舱后面是个高台床架,大红幔帘半掩着。朱穆鲁德就在那儿,一丝不挂,半倚在缎子枕头上。脸上未抹脂粉,唯一的首饰是一条金丝攒蓝珠项链。

乔泰向她走去。美丽的酮体令他气短心慌,手足无措。许久,才蹦出一句:

"绿宝石呢?"

"跳舞的时候才带呢,你这个傻瓜!我刚洗浴过。你也洗一个,瞧你一身都是汗。去蓝帘子后面洗!"

厚绒地毯上四下摆放着桌椅,他小心从中间穿过。蓝帘子后面是一间小巧雅致的浴室,装饰以精美的细木纹板。他三下五除二脱掉衣服,蹲在热水桶边,用小桶舀水冲洗。正当他用长袍擦干身子时,他看见梳妆台上放着一只盒子,里面装着甘草条,便拿了一根,咬出合适的形状,仔细刷了牙。然后,他把袍子和背心挂在竹制衣架上,重又回到房间,身上只穿着肥大的裤子,裸露出健壮而伤痕累累的上身。他拖过一把椅子,坐到床台边,粗声说道:

"瞧,不负佳人美意,应邀而来。"

"你倒是一刻也没耽搁!"舞姬冷言相对,"不过,你是选对了时间,我只有一大早才接待客人。"

"这是为何?"

"我的郎,就因我不是庸脂俗粉。不管那天杀的曼苏尔怎么糟践我,我都不卖的,我有一个固定的恩主。那人腰缠万贯。瞧这摆设,你也能看出来。"圆润玉臂盈盈一挥,又补充道:"他对情敌可从不心慈手软。"

"我为公事而来,"乔泰正襟危坐,"谁说我是情敌?"

"我说的。"她手置脑后,伸展玉体,打个哈欠,杏眼一扫乔泰,嗔怒道:"还等什么?莫非你也是那迂腐之人,先要查查皇历,算算良辰吉日呀?"

他起身将她柔弱无骨的身子搂进怀里。他平日里出入欢场寻乐,千种情,万般爱。此次缱绻,他竟有了不一样的感受,只怕以后也不能够了。他以前竟从未发现,自己内心深处有着难以名状的需求,朱穆鲁德柔情万种,满足了他,更激起他生存的欲望。他明白,离了这个女子,他是万万不能了。想到这一点,他竟然也不吃惊。

事毕,二人冲了个澡。她披上一件蓝色薄纱袍,然后帮着乔

泰穿衣。看见那件铁甲背心,她头一歪,想说什么,又把话咽了回去。回到舱间,她示意乔泰坐到雕花红木茶几旁,这才懒懒地说道:

"事干完了,说说你自己吧。时间不多,伺候我的丫鬟一会儿就进来了,她可是恩主花钱来盯着我的。"

"我还是想多听听你的事!我对你们大食人一无所知。你是否……"

"我不是大食人,"她不客气地打断了他的话。"我爹是大食人,我娘是个低贱的蜑民妓女。怎么,把你吓着了?"

"才不会呢!在妓院里也不过是另一种营生罢了,管他什么人种、肤色!反正迟早大唐将一统江山。棕色的、蓝色的、黑色的,统统归化大唐!男子会打仗,女子会传宗接代,在我看来,就都是好人!"

"你能这么说,也算是有见地了!我爹是大食水手。他抛下我娘和她肚子里的孩子,自己回国去了。那孩子就是我!"她为乔泰斟了一杯茶,继续说道:"我十五岁便开始干这行。看我是块好料子,一条大花船从我娘手里把我买去。我得接客,空下来还得服侍汉人妓女。那些臭婊子拿虐待我取乐!"

"她们下手还不算重吧,"乔泰粗声说道,"看你这身上,细皮嫩肉的,竟没有一块伤疤!"

"不至于用鞭子抽、棍子打,"她咬牙切齿地说道,"花船主不许她们在我身上留下伤痕,他还指望我将来帮他赚大钱呢。那些婊子要是晚上没生意,就把我头发吊在屋檐上,用烫红的针扎

乔泰花船访舞姬（高罗佩 绘）

我，只为打发时间。她们实在无聊，就把我绑起来，在我裤子里放条大蜈蚣。别看现在腿上没有蜈蚣的咬痕，就看你能不能猜到蜈蚣到底咬哪里！这些罪，我可都受过。"她耸耸肩，"反正，都过去了。我谋了一个恩主，他帮我赎身，还替我租了这处不错的房间。我现在只在宴席上跳跳舞，赚来的钱，他让我自己留着。曼苏尔曾提出要带我回大食国，娶我做他的正房老婆。我讨厌他，也讨厌我亲爹的国家，我听人说过那里。要我坐在热烘烘的沙地帐篷里，成天和那些骆驼、蠢货为伴！想得美！"

"你可喜欢你的恩主？"

"喜欢他？老天，才不！可是他有钱，出手也阔绰。不过，还是要多讨厌有多讨厌。"她顿了顿，挠挠耳垂，想了想，道："我只有过一个如意郎君，他也对我一往情深。可我那时做了件大傻事，把所有的事情都给毁了。"她的大眼睛里满是忧伤，目光越过乔泰，望向前方。

乔泰搂住她的腰肢。"刚才你对我可是柔情蜜意啊！"他满怀期待。

她一把推开，不耐烦地娇声呵斥："放开我！刚才不是满足你了吗？我配合你，又是喘，又是扭的。你也尽兴了，玩痛快了，就别再指望我和你卿卿我我。再说，你根本不是我喜欢的那种男子。我喜欢斯文先生，不是你这样的粗汉莽夫。"

乔泰略显迟疑。"呃，我看上去是个大老粗，但……"

"别费口舌啦！我早就学会怎么看男人了。你们男人觉得自己像啥，和我毫不相干！你若想找人听你自吹自擂，就去找个奶妈吧。罢了,还是谈谈正经事吧。我找上你,是因为你正好是羽林军都尉,听曼苏尔说,还是大理寺卿的亲随。看来,你有办法帮我取得大唐子民的身份。按律法,我是个贱民。蜑民女子不得与汉人通婚,甚至不得上岸居住。明白吗?"

"所以,你的恩主把你安置在这条船上!"

"你倒是脑筋转得快!"她话中带刺,"他自然是不能给我岸上弄个宅子。他财源滚滚,就是没个一官半职。你不同,你是京城的官,上司是大唐朝廷里的高官。带我去长安城,帮我搞到大唐户籍,再把我介绍给几个达官显贵。剩下的,你就不用管了。"她眯着双眼,美美地憧憬着:"做个真正的大唐贵妇,穿绸裹缎,有汉人丫鬟伺候,有花园……"突然,她语气一转,冷冰冰地说道:"作为回报,我还是会尽力服侍你。刚才帘子后面那番颠鸾倒凤,想必你已见识了我的真本事。如何,做个交易吧?"

如此这番话,冷酷且毫无遮掩,乔泰听了心如刀割。他强忍心痛,故作镇定:

"成交!"

他暗想,一定要让这女子爱上自己。一定要。

"妙极了。尽快再见个面,商定细节。恩主有间不大的宅子,他若是没有空闲上船来,就会在宅子里会我,一起待上一个下午。那宅子在西城光孝寺南边。若觅得机会,我就给你捎个口信。要知道,你不能和恩主碰面。现在还不成。他肯定不会放我走,他盯得我死死的,宁愿毁了我,也不会放了我。你把我偷带到京城,我就告诉你他是谁。好让你把他花在我身上的钱还给他! 免得你良心不安。"

"你是否犯过案?"乔泰急切问道。

"我犯过很大的错误,一次。"她站起身,将轻薄长袍裹住诱人的身段,"该走了,要不然会有麻烦。去哪儿能找到你?"

他告诉她自己住的小客栈,亲了亲她,便离开了舱房。

到了甲板上,他看见下一排船中最大的那艘船的船尾离自己咫尺之遥,便一步跨了上去。然后,七弯八绕,回到码头。

从归德门重入城内,一路溜达回到五仙客栈。门口停着一顶小轿。他上前问轿夫,可是倪船主打发来的。轿夫们站起身,异口同声答是。他便踏进轿子,转眼起轿上路了。

十

狄公一夜寝不安席,辗转反侧许久,方才打了个盹。睡眠时断时续,醒来后,头痛欲裂。离破晓还有半个时辰,他知道自己再也睡不着了,遂起身下床,身披寝衣,面对拱窗,驻足凝望。窗外拂晓天光,灰蒙一片,府衙屋顶,朦胧可见。深吸一口新鲜空气,狄公决定用早饭前先散散步,如此可消解疲乏,提神益脑。

他穿上灰布袍,戴上弁帽,走下楼去。前厅里,总管正在给五六个用人安排差事,佣人们个个睡眼惺忪。狄公命管家带路去花园。

黜陟使府庭院深深,游廊里光线昏暗,夜灯刚刚熄灭,两人来到府衙后面。主楼后墙外有一宽大汉白玉露台，下面便是一座风景优美的花园，其间曲径通幽。

"你无须在此候着，"他对管家说道，"本相能找到回去的路。"

石阶上晨露凝结，他顺阶而下，走上一条通往荷花池的小路。晨间薄雾悬于池上，池里水波不兴。他瞧见对岸有座小凉亭，便想过去看看。狄公绕着莲池缓缓而行，荷花新蕊，粉娇欲滴，真乃良辰美景！

快到凉亭，他透过窗子，见一长身男子背对着他，正俯身于桌上。凭那浑圆的肩膀，他已认出此人。狄公踏上台阶，注意到那人正目不转睛地朝面前一只绿色小瓷罐张望。想必那人听到了身后的脚步声，眼睛不离瓷罐，开口便说道：

"你总算来了！快来看看这只大块头！"

"早啊。"狄公道。

黜陟使一惊，抬头见是狄公，遂赶忙起身，语无伦次地说道：

"失礼失礼，狄相！下……下官实在不……不知……"

"大清早，不必拘礼！"狄公的声音仍有些疲倦。"昨晚难以安睡，遂早起散散步。"他在椅子上坐下，接着又道："请入座！罐子里为何物啊？"

"回狄相，是下官最好的斗蟋蟀！您瞧瞧这腿，强壮有力！真是个尤物！"

狄公探身向前，只觉这只硕大的蟋蟀犹如一只可恶的黑蜘蛛。

"真乃上品！"他夸赞道，遂又坐回椅子，"不过，本相必须据实相告，狄某乃是外行。一月前曾到过广州的刘御史，可是个蟋蟀迷。"

"下官有幸曾邀御史共赏所养蟋蟀。"黜陟使满脸得意之色，但遂马上收敛起来。他怯怯地看了一眼狄公，又正色说道："正如狄相所知，御史后来重访广州，是微服私访，被人认出来过。下官便将这一情况呈文京城，后来接到命令，命我设法与御史取得联系。可下官刚刚派人去找，命令突然就被撤销了。"他犹疑片刻，不安地捋着唇髭，"自然，下官不该妄自揣测朝廷之事，可广州毕竟是属下辖区，若能有只言片语的解释……"他不再说下去，等着看狄公的反应。

"所言极是！"狄公欣然回应，"我离京前最后一次政事堂议事，御史并未参加。那么，既然上面命令你停止查找，想必御史已返京履职。"

他往椅后一靠，慢捋长髯。黜陟使取过一个竹编圆盖，小心翼翼地盖在绿瓷罐上，方疲惫地笑笑，说道：

"府内的医生已禀下官，狄相昨日发现又一起命案。死者竟是狄相属下！都督虽年事已高，但愿不误尽职。广州城太大，何况……"

"不必多虑，"狄公和颜悦色道，"两起命案都是祸起京城，是本相属下行事不够周全。实乃本相之过！"

"狄相体恤下情。不知您对外番通商事务巡察一事是否满意?"

"进展顺利。不过此事错综复杂,应当制订一个更佳方案来管理各色外番人。到时候本相草拟一个方案出来,把他们分别划定在特定的区域之内。本相才着手调查大食人,然后再解决其他的,譬如波斯人,……"

"大可不必!"黜陟使遽然打断了狄公。他咬了咬嘴唇,急切地说道:"狄相,下官的意思是说,那些波斯人……呃,区区几十个而已。知礼、和善,无一人作恶。"

狄公觉得黜陟使面色灰败惨白,或许是光线昏暗所致。他缓缓地说道:

"其实,本相只是想全面了解一下情况。"

"斗胆请狄相让下官尽绵薄之力!"黜陟使大献殷勤,主动请缨,"瞧,鲍都督来了!"

广州都督鲍宽沿着凉亭台阶,一路躬身走进亭子,又是一躬到底。只见他愁容满面,对黜陟使说道:

"使君,下官无能!没承想那女子竟如此厚颜无耻!竟然言而无信,根本未现身!属下实在想不明白她为何……"

"本官也想不明白,"黜陟使冷冷打断他的话,"在你把人介绍给我之前,为何不查清楚那些人的底细!罢了,狄相在此,有公事商谈,你……"

"大人,下官实在惭愧,"都督神情沮丧,急于为自己辩解。"下官得知大人喜好蟋蟀,拙荆说那女子深谙此道……"

不待黜陟使打发都督,狄公赶紧说道:

"本相尚不知竟有女子玩家。想必她也买卖此虫物？"

"回狄相，确实如此。"都督答道，打心眼里为有人解围而高兴，"拙荆告诉下官，那女子慧眼独具，善于识别蟋蟀。其实，说'慧眼'不甚恰当，那女子是个盲女。"他继续跟黜陟使解释，"昨日向使君禀报之后，拙荆命她今日黎明时分来此等候，赶在大人晨起升堂之前，大人时间宝贵，……"

"鲍都督，本官倒想知道她的住址，"狄公打断道，"带几只蟋蟀回京也不错，当是广州特产啦。"

狄公这一要求似乎更令都督为难。他话都说不利索：

"下……下官向拙荆打听她的住址，可那蠢婆娘竟说她也不知道……婆娘只见过女子一次，在市集上。拙荆见那女子说得头头是道，便信了她，于是……"

眼见黜陟使气色愈发难看，脸涨得通红。眼见他就要狠狠呵斥都督，狄公赶忙打圆场。

"小事一桩，不必多虑。罢了，本相回房去了。"他站起身，黜陟使也欲起身，狄公连忙招呼："不必劳烦！鲍都督可为我带路。"

他走下凉亭，进入花园，都督紧随其后，心神不宁。

待走至露台，狄公好言宽慰：

"你家大人发脾气，都督不必在意！本相也有失态之时，大清早的，脾气差，在所难免！"

都督听闻此言，不胜感激，微笑致意。狄公接着又道："黜陟使勤勉敬业，尽忠职守。想必他时常在城内微服巡察，亲自体察民情吧。"

"回禀狄相,从未有过!黜陟使一向清高傲气,断不肯做那有失身份之事!狄相,他确实难相处。而且,下官比他年长许多,也算老马识途,可这里的差事办得十分……不痛快。下官在此任职五年。此前在山东老家任县令,治县有方,政绩卓越,故升迁至广州。恕属下自夸,到此地后,下官费力苦学广州方言,对本地事务了如指掌。黜陟使在做决定之前,理应事先征询下官,可他行事刻板循制,……"

"背后私议上司是非,有违官制啊,"狄公立马截住他的话头,冷言相诫,"若有不满,不妨通过正当途径,向吏部谏言。我待会去见梁福,再了解些情况。望你陪本官一同前去,早饭后半个时辰出发。"

都督不再言语,默然领狄公至前厅,这才躬身告退。

狄公在专门为他设置的饭堂里简单用了早饭,管家立一旁亲自端盏布菜。饭后,狄公悠闲地饮了一杯茶,头痛已然消退,可仍然难以凝神静气。狄公茫然望着前方,此时已朝霞满天,映红了窗纸,他不禁想起了那个盲女。黜陟使果真从未见过那女子?

轻叹一口气,他放下茶盏,进了睡房。他换上官袍,戴上高峨双翼乌纱帽去了大厅。在书案后坐定,他目光落到一只大信封上,样子看似一封公函。他撕开信封一看,见信上寥寥数语,遂从抽屉里取出一长卷白纸,润笔蘸墨,挥毫疾书。

写得正酣,陶干进来请安。这个精瘦汉子坐下说道:

"回狄相,我刚从衙门回来。那时都督还未到,我就把事情

陶干细述调查详情（高罗佩　绘）

向班头交代了一番。那个家伙相当精明,在我看来,简直老谋深算。"他挖苦道,"我一开始命他给妓女赎身,然后又吩咐他密查盲女。他听罢,乜视我一眼,好似心照不宣。打那刻起,我便发现他在跟我套近乎。"

"如此甚好!"狄公很是满意,"既然那厮认为你是个好色之徒,便不会对都督露了口风。更为紧要的是,他和黜陟使都不能知道我们对那盲女感兴趣。"他把凉亭里的谈话向陶干转述了一番,然后说道:"我有感觉,黜陟使曾见过那盲女,但他却对都督有所隐瞒。姑且猜测这就是她不敢如约前来的原因。她不可能被绑架,否则她无法带走屋内的其他物品。我倒觉得她是自己躲起来了。但愿那班头如你所说,足够老谋深算,能找到她的行踪。我们必须和她谈一谈。我快起草完给政事堂的呈文了。来,一起看看。"

狄公奋笔疾书,笔走龙蛇,力透纸背。少顷,他靠在椅背上,朗读呈文。陶干频频点头。呈文事实清楚,简洁明了,无须赘言。狄公签名、盖章,一切停当过后,他拍了拍书案上的那只信封,说道:

"此乃刑部公函,刚由普通驿使自京城送达,知会我一个特使携带政事堂密函,已由护卫队护送上路。预计今晚到达。希望这意味着政事堂已发现御史密访此地的目的。实不相瞒,至今我对此地所发生的事,毫无头绪!"

管家进来禀报,说大轿已备好,正在前院等候。

鲍都督正在外面恭候。他躬身施礼,十二个骑兵举臂行军礼。轿旁二十名轿夫,穿着齐整,垂手肃立。官轿华盖堂皇,紫色篷顶,上面三层镀金尖顶。

"这物什如此粗笨,可进得了梁家大门?"狄公存心发难。

"狄相,轻而易举!"鲍都督含笑应道,"先将军府气派得很,是循古制建造的。"

狄公不满地哼了一声,上了轿子,都督、陶干跟在后面。一队人马由骑兵开道,浩浩荡荡,出了府门。

十一

轿子"砰"的一声落地,把乔泰从混乱的思绪中惊醒。他跨出轿厢,见街道狭窄、安静,店铺尚未卸板营业。他给了轿夫赏钱,遂上前拍打木门。

一个驼背老妪为他开了门,冲他咧嘴一笑,口中的牙齿都掉光了。老妇领着乔泰穿过一座面积不大,但精心打理的花园,来到一座二层白墙小楼前。沿着狭窄的木楼梯一路往上爬,那老妇喘着粗气,一边还咕咕哝哝,自言自语,好生奇怪。最后,她将乔泰带入一间通风凉爽的大房间,里面的陈设充满异国风情。

左边墙上挂着一整幅绣花丝绸帘子,从天花板一直垂到地板,与昨晚在曼苏尔家里见到的幔帘一个样式。帘子两边各有一只汉白玉大花瓶立在乌木座架上。右边墙上挂着一个木架子,上面搁着十几把外番刀剑。房间后面是四扇敞开的拱形窗,宽窗台上摆放着几盆精品兰花,看过去赏心悦目。从窗子望出去,见对面街上房顶鳞次栉比。地板上铺着厚厚的苇席,一尘不染。屋内家具不多,两把红木雕花扶手椅,一张低矮圆茶几。屋里空无一人。

乔泰正欲上前细看刀剑,帘子一撩,进来两个二八妙龄女子。乔泰倒吸一口气。两人相貌几乎一模一样:银盘圆脸,精致五官,耳垂长坠金耳环,头发曲卷,梳着异国发式。两人上身赤裸,露出坚挺幼乳,浅棕皮肤光滑细腻;下身穿着印花细布灯笼裤,裤脚紧束住脚踝;脖子上戴着同款式的蓝珠项链,项链上带着金丝穗子。

其中一个女子走上前,深深看了乔泰一眼,然后轻启朱唇:"贵客光临!倪船主稍后便到。"说得一口流利的汉语。

"你们俩又是何人?"乔泰仍惊诧不已,一时还未缓过神来。

"我叫杜妮娅德,那是我的双生妹妹,达纳妮尔。我俩都是主人的内侍。"

"原来如此。"

"不是客人想的那样,"杜妮娅德郑重其事地说,"我们服侍船主,但并不陪床。"她矜持地说道,"我们还是黄花闺女。"

"此话当真?倪船主可是跑船的人!"

"船主属意于其他的女子,"达纳妮尔正色言道,"主人用情专一,乃正人君子,故而对待我姊妹俩,超乎男女之情。实乃憾事!"

乔泰初访倪府（高罗佩　绘）

"对船主来说，也是一件憾事，"杜妮娅德说出心里话，"我们姊妹俩风情万种。"

"两个野丫头，言语竟如此轻薄！"乔泰呵斥。

杜妮娅德柳眉倒竖。

"我们熟知房中之术。"她冷言相对，"四年前，船主从方姓商人手里把我们买下。在此之前，我们都是方姓商人三房老婆的贴身丫鬟，时常伺候他们行房事。"

"依我看，他们的房术太过简单，"达纳妮尔补充说，"不然，三太太不会总是抱怨花样太少。"

"你俩为何说话文绉绉的？"乔泰哂笑，"你们从哪儿学会这些又臭又长的词？"

"从我这儿啊。"倪船主悦耳的声音自乔泰身后响起，"让您久等，失礼失礼！乔兄也姗姗来迟啊！"只见他穿着一件绲红边薄料羊毛白袍，腰束一条红色腰带，头上包着染色的绣花帽冠。

他坐在一把较小的椅子上，杜妮娅德立到他身边，达纳妮尔屈膝跪在脚旁，抬头望着乔泰，冲他挑逗地一笑。乔泰双臂抱在胸前，回瞪过去。

"坐，坐！"倪船主颇不耐烦地招呼乔泰。对两个双生姐妹，言辞也颇为严厉："都忘了规矩礼数！速去备好早茶！加点薄荷提味，别忘了。"待两个女子退下，他这才介绍："她俩聪明伶俐，通晓汉语、波斯语，还有大食语。佳人相伴烛影，共读中外华章，实乃人生乐事！姊妹俩没事就到我书房里找书看。乔兄，见你安然无恙，我便松了口气。看样子，你昨晚没遇到什么麻烦事。"

"倪船主为何有此担忧?"乔泰立即警觉起来。

"乔兄,我可是眼观六路啊!我瞧见你被人盯上了,一个大食无赖和一个蛋民杀手,他俩坐在靠门的角落,那可是个观察哨!"

"没错,我也发现了那两个狼狈为奸的家伙。好在,和我们没什么瓜葛。想起来了,他俩为何事与酒馆伙计吵嚷?"

"哦,伙计不肯服侍蛋民。凡是那些遭驱逐的蛋民用过的东西,皆被视为不洁之物,所以伙计把那蛋民矮子用过的酒杯给摔碎了。不过,我还看见一个大胡子恶汉也一直盯着你。看见他尾随你出了酒馆,我心想,都尉要有麻烦了。"

"你为何突然抬举我为都尉?"

"因为我瞥见了你的金徽,乔都尉。那个大胡子也瞧见了。我曾听到一个传闻,说大名鼎鼎的狄大人已到了广州,带着两名亲随。要是看见两个北方人,言谈举止都是官爷派头,却成心把自己扮成芝麻大的小吏,任他是谁,都会动此念头吧?"

见乔泰不吭气,船主继续说道:

"昨晚酒馆里传言,说狄大人在黜陟使府召集人商议广州的外番通商事务。这又令我陡生疑窦,狄大人断案如神,长于破谜断案、缉凶犯,可就算外番商人牟取暴利,也不能称之为凶犯吧!此乃其一。其二,狄大人的两名亲随乔装出现在码头。我不由把这些事实联系在一起,暗自发问:莫非广州城内正在酝酿什么阴谋?"

"看来你倒是很会顺藤摸瓜啊!"乔泰咧嘴一笑。"其实,我们到此地,确为调查大食贸易而来。但凡舶来品昂贵、关税高额的地方……"乔泰故作神秘,声音越说越轻。

"如此看来,你们是在查走私啊!"船主摸了摸胡子,"该查,我看那些大食无赖肯定暗地里有什么勾当!"

"那些和大食人有生意往来的大唐商人可清白?比如,姚开泰。你大概也认识此人?"

"略知一二。唯利是图的商人而已。从小本生意起家,一路做到广州城数一数二的富商。此人乃好色之徒,贪恋女色真是恶习,可破万贯家财。他家里妻妾成群,别院情妇无数,个个锦衣玉食,好生供养。至于那些女人得忍受他什么怪癖,就不好说了。言归正传,为了应付这么大的开销,他必定会耍些见不得人的手段。不过,事先声明,我从未听过这方面的传闻。而且,船运行里有头有脸的人我差不多都认识。"

"梁福呢?他也是熟悉大食事务的人。"

"乔都尉,那你就找错人啦!梁福乃世家子弟,坐拥万贯家私,却克勤克俭。梁福走私?绝无可能!"

双生姊妹端着黄铜茶盘走了进来。她们在一旁斟茶倒水,倪船主笑着道歉:

"都尉,款待不周,万望海涵!我在南城曾有过一座大宅子。几年前,为了偿还巨额债务,只好卖了抵债。我已经喜欢上这陆地的清净日子,我已决计留下来,靠着积蓄度余生了。出海的时候,有大把时间想东想西,后来就对密契产生了兴趣。现在,我大部分时间都用来研读这类书籍，也会去拳剑武馆修习锻炼。"他起身说道："来，看看我收集的刀剑。"

两人走到架子前，倪船主向乔泰一一指点每把刀的特点，详细介绍刀身不同的锻接之法，又讲了一些广州著名刀客的江湖轶事。那对双生姊妹听得目不转睛，如醉如痴。

谈得正酣，那老妪闯了进来，递给倪船主一个小信封。"失陪片刻！"他站到拱形窗前，展开短信。读毕，他将信笺塞进衣袖里，让老妪退下，对乔泰说："再品一杯茶，如何？"

"薄荷茶好喝，"乔泰说道，"昨晚在曼苏尔家里喝了茴香酿，也好喝。船主可认识那个家伙？"

"你俩下楼去浇浇花，天越来越热了。"倪船主借故打发了两姐妹，两人气哼哼地走了。倪船主重拾起话头："那么你还想打听曼苏尔。好吧，告诉你点他的情况。约莫四年前，曼苏尔第一次来到广州城。城内有个年轻女子，父母双亡，家有兄长，乃豪门望族。女子喜欢上本地一后生。有一日，两人大吵一架，那后生遂离那女子而去。后来，她兄长便把她嫁给了一个做官的老头，又老又瘦。这桩不相配的婚姻刚开始不久，她就遇上了曼苏尔，并鬼迷心窍地喜欢上了他。热乎劲儿过后，她后悔莫及，要与曼苏尔断了来往。猜猜曼苏尔怎么说？他说断绝关系可以，但要付他一大笔钱作为酬劳，这是曼苏尔的原话。"

"卑鄙无耻！你知道他做过哪些恶事？我正可趁机把他铐进大牢！"

倪船主捻了捻短须，想了想，回答道：

"没有,我没有他的罪证。我对大食人没有好感。他们践踏了家母的国土。我深爱家母,尼扎米是家母的波斯名。我改姓倪就是为了纪念她。"他顿了顿,继续说道:"广州城人多地广,各种传言满天飞。我做人的原则是,不传不确实的谣言,那些话通常都是不怀好意的嚼舌根罢了。"

"我明白了。想起来了,在曼苏尔宴席上,我遇到一个名叫朱穆鲁德的大食舞姬。船主可曾见过?"

倪船主飞快地瞅了他一眼。

"朱穆鲁德?从未见过,但有所耳闻,据说是个美艳女子,舞技超群。"

"可曾听闻她的恩主是谁?"

"未曾听说。她若有恩主的话,必定是个富人。我倒是听说,她的眼光不是一般的高。"

乔泰点点头,将茶一饮而尽。

"说到有姿色的女子,"他说,"你养在内室的这对双生姊妹也是妙人儿!她们抱怨船主不解风情哩!"

倪船主淡然一笑,道:

"我把她们买来已经四年了,眼看着她俩出落成大姑娘。我视她们如自己的女儿。"

"她俩性子泼辣得很咧!船主打哪儿买来的?"

倪船主没有马上回答。他眼神犀利地看了乔泰一眼,然后答道:

"姐妹俩是私生女,乃一良家姑娘所生。那姑娘是家母的远房亲戚,不幸被一个汉人官员诱奸。后来,她怕情郎抛弃她,便把双生儿送给一个有交情的生意人。可那官员到底还是弃她而去，她便自杀了。这件事在此地曾轰动一时，可那情郎竟设法置身事外，无人知晓他的姓名，最终才不致耽误了仕途前程。"

"无耻之徒！船主先前认识他？"

"听说过。不想见他。但我一直打探双生儿的消息。她们在那商人家里倒也没受委屈，只是那商人后来破产了，家产拍卖时，我便将姊妹俩买了下来。我教她们识文断字，现在还得操心为她俩物色个好人家。"

"那我可不能误了她们的好事。"乔泰见时候差不多了，便起身告辞，"不便叨扰，告辞！"

"务必再来，比试比试拳法。"船主送客下楼，盛情相邀，"都尉比我壮实一些，可我年岁小一点。"

"甚好！我也活动活动筋骨。过去时常跟把兄弟练拳，可那厮成家之后，就发福喽！"

小花园里，杜妮娅德和达纳妮尔正手持喷水壶给花儿浇水。

"告辞，丫头们！"乔泰高声招呼。

她俩佯装没听见。

"她们气我把她们支开。"船主笑道，"机灵得像猴儿一样。还有，她俩最恨别人叫她们丫头。"

"我也变得像做父亲的人了。"乔泰自嘲，"多谢邀我观赏宝刀！"

出了倪宅，乔泰发现街面上热闹起来。赶完早集，人们匆匆往家赶。他挤在人堆里，左推右搡，不料迎头撞上一个女子。他刚要道歉，那女子已擦身而过，背影消失在人群中。

十二

梁宅前院，狄公在陶干和鲍宽二人的搀扶下，从轿子里钻了出来。狄公发现，宅院确实规整气派。院子里铺着雕花大理石板，后面有两扇包铁大门，立在宽阶础石上，用料同为价值不菲的大理石。梁福疾步驱下台阶，后面跟着一个蓄着蓬乱花白胡子的老头，显然是管家。

梁福深深一揖，向狄公请安。接着，他便长篇大论起来，说京城贵人和本地都督双双光临寒舍，实乃荣幸之至。狄公任由他一通聒噪，后来实在耐不住，便打断了他：

"梁先生，本相知道，此次拜访与朝廷要员之规矩不符。不过，本官是想拜谒令尊——已故大英雄的故居。我喜欢看人们安居乐业,这是本官当年任县令时养成的习惯。前方带路吧!"

梁福再次深深一揖。

"承蒙不弃,在下领您去先父的书房,书房一直保留着先父在时的样子。"

一行人登上大理石台阶,穿过一间昏暗的厅堂,厅内两边立有巨大圆柱。又穿过一座花园,便来到一栋两层楼前,楼房比第一栋还要高大。房间里摆放的家具寥寥,均为笨重的雕花乌木古董。墙上挂着绘有海战战事的彩色长卷。房子里只有一个老妈子,一见众人便匆匆避开,除此再无他人。

"照看如此大的宅子,需要不少用人吧?"在穿过另一个院子时,狄公问道。

"回狄相,无须太多人手。在下只住在一侧的厢房内,而且只是晚上回来,白天都在城里商铺中。"他踌躇一下,又笑着说:"终日忙于打理生意,在下至今尚未成家。明年将岁至三十五,打算把大事给办了。这是在下住的厢房,先父的书房就在这后面。"

老管家在前带路,领着一行人走入一条宽敞的游廊。中间是梁福、狄公和鲍宽。陶干殿后。

游廊环抱一座竹园。园内翠竹沙沙作响,阴凉宜人。顺着游廊,众人来到另一座平房建筑。从游廊左侧的大窗口可以看见一座假山庭院,而右侧则是一排屋门紧闭的屋子,屋前皆有黑漆栏杆。推窗上糊着洁净的月白色窗户纸。

突然,陶干拽了拽狄公的袖子,将他拉至一边,兴奋地耳语：

"我看见那个盲女了！就在我们刚才经过的第二间屋子里。她在看书！"

"去把她带来！"狄公当机立断。陶干赶紧顺原路返回，狄公则对梁福说："我的属下提醒我，说我忘了拿扇子。不妨在此等候片刻。那边的假山真是造型别致啊！"

一个女子愤怒的声音从他们身后传来。

"何事喧哗？"梁福怒喝。他匆忙往回赶，狄公和都督也紧随其后。

陶干紧紧抓着栏杆，站在第二间屋子前。屋子小巧雅致，房间后挂着一幅山水画帘子，帘子前站着一个年轻姑娘，容貌清秀。陶干抬头看着姑娘，惊愕地说不出话来。而姑娘愤然对着梁福说：

"何人如此无礼？我刚推开窗，想借点光亮，此人竟不知从哪儿突然冒了出来，满口胡言乱语，胡说什么我骗了他？"

"看错人了！"陶干急忙对狄公说明情况，然后压低声音说，"长得很像那个盲女，但不是那姑娘。"

"梁先生，此女何人？"狄公问道。

"狄相，是令妹。都督的夫人。"

都督忙上前解释道："拙荆听说下官要陪狄相到梁府，便决意也一起过来，看看她出嫁前曾住过的屋子。"

"原来如此。"狄公了然，遂对鲍夫人说道，"夫人，多有得罪，望见谅！本官属下误将夫人看成另一个人了。"他匆匆扫了一眼桌子上摊开的书,说道:"夫人原来是在读诗。好雅兴!诗书可以修身养性啊。"

"读诗?"鲍宽听了难以置信,困惑地望了妻子一眼。她连忙合上书,搪塞道:

"随手胡乱翻翻罢了。"

这时,狄公留意到,她确实姿色出众:面庞秀丽,五官精致,两道蛾眉又长又弯。兄妹俩的眉毛酷似,但长在梁福的脸上,倒添了一丝阴柔之气。鲍夫人羞涩地说道:

"得见大人,奴家三生有幸,奴家……"

不待她说完,狄公便开门见山地说道:"听你夫君说,夫人认识一个卖蟋蟀的女子。本官想见见她。"

"狄相,待奴家一见到她人,便转告她。"她嗔怪地瞅了都督一眼,"夫君刚才还责怪奴家没有打听出她的住所。不过,她曾告诉奴家,她几乎天天去市集,故而……"

"多谢夫人!告辞了。"

狄公边走边问梁福:

"梁先生可还有其他的兄弟姊妹?"

"回狄相,没有了,在下乃是独子。原有两个妹妹,但大妹妹几年前死了。"

"我们婚后不久便发生了意外,"都督语气平淡,丝毫不带感情,"当时拙荆尚年轻,这个打击着实不小。当然对我也一样。"

"什么样的意外?"狄公追问。

陶干错认鲍夫人（高罗佩 绘）

梁福答道:"她当时正在睡觉,一阵风将窗帘吹到油灯上,点燃了屋子。想必她是被烟熏得昏死过去,最后只找到烧焦的残骸。"

狄公说了些安慰的话。梁福推开一扇沉重的大门,领着众人进入一间屋子,房梁高挑,故此屋内凉爽。在梁福的示意下,管家到窗前卷起了竹帘。狄公四下打量一下,见四面墙壁都摆放着书架,架上摆满了书籍卷轴。蓝色地毯中央放着一张巨大的书案,案台上空空荡荡,只放着两个银烛台和文房四宝。梁福将大伙带至屋角的茶桌前。他请狄公坐在茶桌后的大扶手椅上,都督和陶干坐在茶桌前的两把直背椅子上。而他自己则坐在一把稍远的矮椅上,然后吩咐管家上茶。

狄公轻捋长髯,一副逍遥自得的模样:

"身临其境,狄某亦能感受到素雅疏韵,这正是人们心目中儒将的书房啊。"

一干人品着香茗,聊了一会儿南海王当年的海上战绩,梁福趁机向大家展示了将军收藏的一些颇有价值的旧广州舆图。狄公仔细察看一张舆图,突然手指着舆图大叫:

"此处是华塔寺!昨晚本官去过那里。"

"狄相,那是本地名胜之一。"梁福说。"在下每隔七日便去一次,与方丈手谈。方丈乃弈棋高手!他还是个鸿儒。方丈目前正在撰写一本新书,记述佛经传播的历史。"

狄公闻之,似有所悟:"既然他一心做学问,想必他是把寺院事务都交给寺监去管理了?"

"绝无此事!方丈事必躬亲,尽职尽责。这么大的寺庙,又对公众开放,非得严格监管不可。去庙里的人形形色色,有不法之徒想利用香客的善,骗取钱财,比如窃贼、骗子之流。"

"还要算上凶手。"狄公正色道,"昨日,本官在庙里发现了一具官府暗探的尸体。"

"原来那些和尚议论的是这件事呀!"梁福嚷道,"我们当时正在下棋,方丈突然被人叫走。见他一直没有回来,我便向和尚打听,他们说发生了命案。狄相,究竟是何人所为?"

狄公耸耸肩。"地痞无赖罢了。"他说。

梁福摇摇头。他抿了一口茶,叹口气说:

"狄相啊,那是这座繁华之城的另一面啊。凡荣华富贵之盛,必有穷困潦倒之恶。不细看,只见金玉其外,不见败絮其中。广州城还有一个残酷的底层世界,外番恶棍与大唐无赖沆瀣一气,狼狈为奸。"

鲍都督冷言相对:"一切均在官府的严密掌控之下。我得强调一点,这些人的犯罪活动都限制在他们自己的区域内。话又说回来,但凡规模大点的城镇都少不了这样的人渣。"

"本官对此深信不疑,"狄公说道。饮罢茶,他对梁福说道:"你刚才提到外番罪犯。本官曾听闻一些于曼苏尔不利的传言。他会不会雇佣大食流氓干些犯罪的勾当?"

梁福挺直身子,捋了捋细细的山羊胡子,踌躇良久,才开口答道:

"回狄相,在下并不认识曼苏尔。当然,他之所作所为,倒也有所耳闻，大多是从我的朋友，也是生意伙伴——姚先生那里听来的。其一，曼苏尔作为船主，经验老到，大智大勇。作为商人，精明能干。其二，作为大食人，野心勃勃，忠于本族人，是极其虔诚的教徒。他在大食国颇有名气，是哈里发的远方侄子，曾在哈里发手下身经百战，多次打败西方蛮人的入侵。以他开疆拓土之功，本该被封为军事头领。但是他出言不逊，冒犯了哈里发，结果被逐出宫廷，从此他便在海上漂泊冒险。不过，他意欲重获哈里发赏识，这一想法他从未放弃过。为达到这个目的，他会不择手段，赴汤蹈火，在所不惜。"

梁福思忖片刻，又接着说下去，言辞谨慎，字斟句酌：

"以上所述均为核查过的事实，而下面我要讲的只是道听途说罢了。坊间早有传闻，说曼苏尔认为，若能在广州城制造一起大的骚乱，他便可趁火打劫，然后满载而归。由此，哈里发便会认为他大大扬了大食国国威，于大食国力大有助益。作为奖赏，哈里发定会允曼苏尔重返宫廷，官复原职。在下重申，这仅仅是传闻罢了。或许此传言于曼苏尔而言是极大的不公。"

狄公须眉耸立，反问道：

"一小撮大食人如何敌得过千余名久经沙场、战备精良的驻防军士？更毋庸说还有团练兵与关津的兵卒？"

"狄相，曼苏尔曾多次参与过围城战役，所起作用举足轻重。如此一来，不难推测，他在这方面有丰富的经验。他必定知道，广州城与北方城池不同，有大量木结构的两层楼房。若趁天干风大之日，事先挑选几处地方纵火，势必造成火势连天。

一小队亡命之徒便可趁火打劫，大肆掠夺。"

"天老爷啊，所言极是！"都督惊呼。

"再者，"梁福接着说，"一旦有人在城内制造混乱，趁机抢劫，立刻就会有更多更恶的人加入，那就是成千上万的蜑民。那些人对汉人怀有深仇大恨，已有数百年之久。"

"言之有理啊，"狄公不由叹了口气，"不过，那些水户能有何危害？他们既无人领头，又没有武器。"

梁福慢条斯理地说道："他们确有组织，似乎是由大巫师召集起来的。他们虽然没有重兵器，但在巷战中，却极具杀伤力。蜑民善用长刀，还会一种独门绝技——用围巾绞杀。他们不相信外族人，不与外人来往，这一点虽说不假，但既然他们女人的恩客主要是大食水手，曼苏尔要同他们拉好关系便并非难事了。"

狄公沉默不语，心里掂量着梁福的一番话。陶干对梁福说：

"梁先生，我发现蜑民刺客勒死人之后，会把用来系头巾的银钱留在现场。那些银钱很值钱。他们为何事后不带走，抑或用铅币代替呢？"

"他们甚是迷信，"梁福耸肩答道。"那是'献给死者鬼魂的'。他们相信，这样做可以驱逐死者的鬼魂，使其不得近身。"

狄公猛地抬起头。

"再给我瞧瞧那张广州舆图！"

梁福把舆图徐徐展开，摊在书案上，狄公命鲍都督指出来哪些区域的房屋是以木结构为主体的。最后确认，那些地方几乎都是人口密集的中下层坊区，坊内街道狭窄逼仄。

狄公神色愈发凝重。"确实如此啊，一把大火便可烧毁大半个城区。百姓家破人亡，财产损失严重，后果不堪设想。故而我们绝不能将曼苏尔的传闻置若罔闻，必须采取措施充分防御。本官将命黜陟使下午在府衙召开秘密会议，除了你们二位之外，还要召集姚开泰、府兵将领和关津总管。届时，大家一起商议如何布防以及如何对付曼苏尔。"

"狄相，在下须再次强调，"梁福担心地说道，"曼苏尔可能是被冤枉的。他做生意手段凶狠，再者，广州城内有实力的商人之间相互倾轧。有些人为达到除去对手的目的，会不择手段。这些有关曼苏尔的传闻，或许只是恶意诽谤而已。"

"但愿如你所说，"狄公冷冷说道。他饮罢茶水，站起身来。

梁福毕恭毕敬地送贵客穿过重重庭院、条条走廊，最终来到前院。众人离府，他再三深揖送别。

十三

狄公刚离府去了梁福家,乔泰便提前一个时辰回了黜陟使府。在管家的带领下,他来到了狄公住的西院大厅。

不苟言笑的管家告诉乔泰,狄公要到午后才能回府。于是乔泰便走到檀木床榻前,脱掉靴子,一头倒在松软的枕头上,想好好地打个盹。

累虽累矣,却难以入眠。辗转反侧良久,他的情绪愈发低落。"你这个傻瓜,一把年纪了,居然还动起了感情!"他心中暗自埋怨,"真该掐一把倪家两个骚娘们的屁股,何况她俩也欠掐!咦,我的左耳朵出什么毛病了?"他用小指头用力钻进左耳,可鸣叫声依旧不止。于是他开始四处查看,最后发现声音是从自己左衣袖里发出的。

他伸进衣袖,掏出个一寸见方的小包裹,外面用红纸包得齐齐整整,上面写着字,字迹清秀:陶郎亲启。

"想必是她塞进来的!"他喃喃自语,"那个在倪船主宅子前面撞到我的小娘子,必定是那盲女的闺友。小蹄子手脚倒是麻利,一把塞进我的袖子里。不过,她是怎么知道我会去拜访倪宅的?"

他站起身,走到大厅门口,把小包裹放在一张条桌上,离狄公的书案尚有一段距离。放好包裹后,他又重新躺回到檀木床榻上。这回,他脑袋一挨枕头便睡着了。

一觉睡到晌午。乔泰刚穿上靴子,正在伸懒腰之际,门开了,管家领着狄公和陶干走了进来。

狄公径直走到大厅后面的书案后,乔泰和陶干在老位子坐下。狄公从抽屉里取出一张大幅的广州舆图,铺开在书案上,然后对乔泰说:

"我们刚才和梁福做了一番长谈。看来最初的猜想并非杞人忧天。御史之所以重返广州,一定是因为他发现大食人在此地策划骚乱的阴谋。"

狄公大致重述了一遍谈话的内容,乔泰听得仔细。最后,狄公总结道:

"梁福所说,证实寺庙里那个妓女所言不虚,大食人确实是蛋民妓院的常客。故而这两伙人极有可能勾结起来。这也说明了为什么毒杀刘御史的毒药来自那些万恶的水户。你俩在码头酒馆里看到的那个矮子,和大食刺客一起的,显然就是个蛋民。在过街廊桥上绞杀大食刺客所用的凶器乃是蜑民刺客的围巾。如此看来,与大食暴徒作对的那伙人同时也雇用了蜑民。情况十分复杂!无论如何,我绝不会让大食人得逞。我已命黜陟使未时在议事厅召开秘密会议,商讨应对措施。乔泰,你今日可有什么收获?"

"回大人,我找到了那个舞姬。她确实有蜑民血脉,她母亲是蜑民。可惜她的恩主是个善妒之人,她顾忌这一点,不敢在恩主安置她的船上与我久谈。不过,她说恩主有时会在光孝寺南面的一座小宅子里与她私会,到时她便会通知我去和她再次详谈。她只能偶尔去那儿,毕竟身为蜑民,她不得上岸居住。"

"我知道,"狄公忿忿不平地说道,"贱民制度必须要废除,对我泱泱大唐国而言,实在有辱声名。理应教化那些落后之族,然后给予其大唐子民待遇。你有没有去拜访倪船主?"

"回大人,去了。船主性情随和,长目飞耳。正如我所料,他对曼苏尔的情况知道得不少。"

听完船主的看法之后,狄公说道:

"乔泰,你须提防那个船主。我不相信他的说辞,与梁福的说法有出入。曼苏尔富甲一方,为何自甘堕落去干敲诈勒索的勾当?况且,倪船主又是从何处听到这个传闻?容我想想,他告诉你他决定上岸定居已有多年,是因为他喜欢过清净的日子,想潜心研究密契。此话听上去并不可信!他是个水手,通常水手离海上岸的理由要比那充分得多!我的看法是,倪船主自己爱上了那个女子,趁他出海的时候,女子的家人将她嫁给了别人。于是,倪船主上岸在此定居,等候那女子年长的丈夫有朝一日死了,便可以迎娶旧爱。倪船主憎恶曼苏尔，是因为他曾与旧爱有染。故而杜撰了敲诈勒索的传言。你以为如何？"

乔泰慢吞吞地说道："嗯，也有这种可能。这就正好对上了他买来的两个侍女的说法。据那两个女子说，船主对某个女子情有独钟哩。"

"两个买来的侍女？"狄公问。"难怪都督昨日说倪船主生活荒唐淫逸。"

"倒也并非如此。那两个女子其实是一对双生子，她们言之凿凿，船主甚至连打情骂俏的事都未曾有过。"

"那他为何要把两人留在身边？仅仅为了摆在屋里欣赏？"陶干不解地问道。

"是顾念她们的母亲，那人是他的远方亲戚。说来也是个凄惨的故事。"他把倪船主所说之事一一复述，然后说道："那个勾引良家女子的混蛋真是个狗杂种。我痛恨那种人，以为只要不是汉人女子，就可以对异族女子为所欲为。"

狄公瞅了乔泰一眼，目光犀利，似乎看透了他的心思。狄公手捻着胡须，默不作声，若有所思。终于，他开口说道：

"罢了，我们还有比船主私生活更重要的事去操心。你俩退下去用午饭吧。记住，未时前回来议事。"

两个亲随告退，正欲离开，乔泰从条桌上拿起那个小包裹，递给陶干，压低嗓音说道：

"街上一个女子塞进我衣袖里的。我从倪宅出来时，她成心撞我一下。上面写着由你亲启，所以我未曾禀告大人。"

陶干连忙打开，见里面有个蛋形的东西，用一个空白的旧信封包着。原来是个精美的象牙雕成的蟋蟀笼。

陶干把笼子举到耳边，聆听片刻，只听得唧唧虫语。"必定是她的，"他喃喃自语。突然他惊呼道："看这儿！这是何意？"

他手指着信封上的方印章。印章上刻着："刘涛明印。"

"赶紧给狄大人看看！"他激动不已，急不可耐。

两人回到大厅里。狄公正在研读舆图，听到动静吃惊地抬起头来。陶干递给他笼子和信封，一言不发。乔泰三言两语说明此物来历。狄公将笼子搁在一旁，仔细查看印章，遂又撕开信封，取出一张薄薄的信笺，见信笺上满是蝇头草体小字。狄公将信笺在书案上捋平，然后细细阅读。阅罢，他抬起头，神情凝重地说道：

"这些是御史记的日志，以备日后查看。这里提到有三个大食人曾在收到货物后付钱给他，银货两讫。御史未明说究竟是什么货物。除了曼苏尔，他还提到另外两个名字，译成汉文是艾哈迈德和阿齐兹。"

"老天！"乔泰惊呼，"御史是个内奸！或者此信是伪造的？"

"此信千真万确，"狄公一字一句地说道，"印章无误，我曾在大理寺见过无数次。至于字迹，我熟悉御史呈给政事堂机密呈文中的字体，但并不熟悉这草体。不过这种狂草字体也只能出自饱读诗书人之手。"

他靠回椅内，陷入沉思良久。两个亲随望着他，满脸焦虑。他蓦然抬起头来。

"我想明白其中的奥秘了！"狄公语气非常轻快。"有人对我们此次的广州之行了如指掌。而此事乃朝廷机密,这个幕后之人必定身居朝廷要职,而且还是御史的对手。他与同伙诱骗御史至广州,意欲陷害他与曼苏尔勾结,从而构陷他背叛朝廷,最终罢黜他的官职。当然,御史识破了这一拙劣的阴谋。他假意与大食人同谋,正如信笺上记的那样。他之所以这么做是为了找出真正的幕后主使。不料,那对手也察觉御史识破了他们的诡计,于是便下毒杀害了他。"

狄公平静地看着陶干,继续说道:"从盲女送信给你来看,她是出于好意,可同时也说明御史遇害时她就在现场。因为盲人无法从桌上或大街上捡到信件。必定是她在摸索死者衣袖时,因手指比常人更为敏锐,故而发现了信封,便趁凶手不注意,偷偷拿走了。同时,她还从御史身上拿走了金铃子。她经过寺庙听到蟋蟀叫声的说法,纯属子虚乌有。"

陶干说道:"想必后来她托信赖之人帮她看了信封。当得知上面盖有御史印章时,她便留了下来。我离开她家之后,她听人说我在调查御史失踪的案件,便把信封送给我,连同蟋蟀一起,暗示是她送过来的。"

狄公似听非听,似心有所悟。突然,他勃然大怒道:"对手对我们的行动了如指掌!不可思议!乔泰,那个倪船主肯定同他们是一伙的。那个不知名的女子在船主宅子前面把包裹塞进你的衣袖里,这事绝非巧合。立刻回到倪宅去,仔细盘问他!开始问的时候谨慎些,若他矢口否认认识那盲女,你便将他拿下,带到府衙!到饭堂见我。"

十四

乔泰小心行事,在距离倪宅还有一条街时便下了轿,步行前往。抬手叩门之前,他左右环顾,观察街面上的情况。见周围只有零零散散的几个摊贩,街坊邻居大多或在吃午饭,或在准备饭后午憩。

仍是那个干瘪的老妇人应声开门。一见是乔泰,她叽里咕噜说了一长串子的话,乔泰猜她说的应该是波斯话。为了不得罪她,乔泰起初还耐着性子听了一会儿,后来见她说个没完,便一把将她拨开,径直闯入。

二楼静寂无声。他推开客厅大门,见里面空无一人,遂心下暗忖,船主和那两个千娇百媚的侍女可能刚用完午饭,此时正酣然午睡吧。当然,分床而睡,就像杜妮娅德说的那样!想到这一点,乔泰心里颇不痛快。他琢磨着先等一会儿,若那老婆子聪明点的话,会去叫醒船主。可若是还没出来,他就得自己去其他房间找了。

他踱到刀架前,再次赏玩起架子上陈列的刀剑。他一时看得入神,竟未留意四周动静。屋顶上趴着两个包着头巾的男子,两人悄无声息地钻进屋子,蹑手蹑脚地跨过窗台上的兰花盆栽。瘦子抽出一把长刀,矮胖子紧握一根木棍,一步一步逼到乔泰身后。矮胖子猛地抡起木棍,正好击中乔泰的后脑勺。乔泰僵立片刻,随即轰然倒下。

"阿齐兹,此处有的是好刀任由我俩挑选。"大食瘦子打量着刀架说道,"有了好刀,干活也利落些,好早点向曼苏尔交差。"

"赞美安拉!"一个银铃般的声音用大食语说道,"终于可以摆脱这个不信教的登徒子了!"

两个恶徒听了,急忙回身,遂惊得目瞪口呆。只见一女子从帘子后面走出来,浑身一丝不挂,只在项间挂一条蓝色项链,脚蹬一双白色缎鞋。

"天国降临的神女!"矮胖子虔诚地赞叹道,眼睛如饥似渴地盯着她曼妙的身段。

"还是把我看作是对所有虔诚信徒的赏赐吧。"达纳妮尔回答道。她指着乔泰,又说道:"此人意图强暴我。他刚才持剑相逼,强行搂搂抱抱,我吓得逃到帘子后面。这个狗杂种。"

"就让我俩来帮你解决了他。"瘦子谄媚讨好道,"不过,你

达纳妮尔巧计救乔泰(高罗佩 绘)

可得以身相报哦！我名叫艾哈迈德，他叫阿齐兹。"

"我是挑艾哈迈德，还是阿齐兹呢？哎呀，真是难选。"达纳妮尔上下打量着两人，眼神挑逗，含春带笑。"二位郎英武骄人，不分伯仲。让奴家好好瞧瞧！"她快步驱前，拽着两人的衣袖，让他们并排背靠着帘子站好。

"安拉在上！"矮胖子急不可耐。"何需费神？先选……"

突然，他的声音噎住了。只见他两手捂住胸口，瘫倒在地上，汩汩鲜血从扭曲的嘴巴里流出。

达纳妮尔吓得花容失色，一把抱住瘦子。

"安拉保佑！"她娇声痛哭，"发生……"

一个汉白玉大花瓶从天而降，正中瘦子头顶。达纳妮尔松开手，瘦子便摔倒在席子上。

杜妮娅德钻出帘子，失神地看着躺在地上的两个大食人。

"干得利索。"达纳妮尔夸道，"为何不把第二个也捅死？船主很是喜欢那个花瓶。"

"我刚才发现他的肩膀上鼓鼓的，便疑心他穿着铁甲背心。"杜妮娅德强作镇定，但声音却在颤抖，面无血色，额头上沁出一层细细的汗珠。她飞奔至对面的角落，呕吐起来。待她回转身，抹开面庞上的湿发，娇弱无力地说道：

"想必中午吃的鱼不新鲜。快，穿上裤子，帮我弄醒他。"

她跪在乔泰身边，用手摩擦他的脖子和肩膀。达纳妮尔拎来一罐水，浇在他脸上。

过了许久，乔泰才慢慢恢复了知觉。他茫然地看着面前的两张脸庞。"好个心狠手辣的双生姊妹！"他气急败坏，随即又闭上眼睛。

他静静地躺了一会儿，俄顷，才缓缓起身坐好，摸了摸脑后鼓起的大包。他整理好头发，端正好帽子，恶狠狠地瞪着双生姊妹，咆哮如雷：

"老天在上，你俩如此捉弄我，我非得打烂你俩的屁股不可！"

"官爷，劳驾您看清楚了，那才是袭击你的两个人！瘦子叫艾哈迈德，胖子叫阿齐兹，"杜妮娅德一脸严肃。

乔泰坐起身细看，只见两个大食人倒卧在帘子前，席子上散落着一把刀和一根木棍。

"趁妹妹分散他俩的注意力，我就一刀捅死了那个矮胖子，"杜妮娅德解释道，"我只是砸晕了另一个，如此一来，可以留个活口问话。他刚才提到，是曼苏尔派他们来的。"

乔泰一点一点站起身，顿觉头晕目眩，可他还是挤出一丝笑意，说："好姑娘！"

"你不妨去吐一吐，会好受一些。"达纳妮尔关切地望着他惨白的面容。"头上挨了一记闷棍之后，都会有这样的反应。"

"我看上去如此不中用吗？"乔泰愤然。

"想象自己正在吃一大块又肥又臭的羊肉，这样就能吐出来了。"达纳妮尔好心劝道。乔泰闻言刚要呕吐，她赶忙制止说道："别吐在席子上！到那边角落里吐！"

乔泰跌跌撞撞，来到指定的地方，"哇"的一声，大口呕吐。吐完之后，确实舒坦了不少。他拿起水罐，喝了一大口水，吐到窗台外，然后回到躺在地上的两个人身边。他将杜妮娅德的细刀从大食矮胖子背后拔出，在死者长袍上擦净血迹，心里虽不情愿，但仍由不得赞叹道："下手利落得很哩！"他又仔细查看了瘦子的头颅，抬头说道："利落过头了。这个也死了。"杜妮娅德吓得捂嘴惊叫。乔泰对她说："你涂在眼睛上黑不溜秋的是什么东西，都糊掉了。看着骇人。"

杜妮娅德一听连忙转身躲进帘子后面。

"不必多虑。"达纳妮尔忙打圆场说。"她最是在意自己的妆容，不愿以丑示人罢了。"

乔泰仔细检查了那两个死者的衣物，却没搜到一张纸片。他立在原处，捋须沉思。这时，杜妮娅德回来了，面容装扮一新。乔泰说：

"两人为何如此行事？为何没有立刻补刀将我捅死？他们手里的那把长刀应该很顺手。"

"瞧，我说得没错吧！"杜妮娅德冲着妹妹说，"人不错，就是太笨。"

"嘿！不懂规矩的丫头，敢说我笨？"乔泰嚷嚷起来。

"因为你连如此简单的道理都不明白，"她沉着地答道。"难道没发现他们原本是要借船主之剑来杀死你吗？如此一来，便可嫁祸于船主。你若仍不明白，我可以再说得清楚些。"

"老天！"乔泰大叫，"言之有理！船主现在何处？"

"午饭后就出门去了。我们听到家里的老婆子一个劲儿地跟你解释，可你听不懂她说的话，不管不顾地闯了进来。还是不够稳重。"

"为何我进来,你俩都不露面?"

杜妮娅德也较起真来:"所有关于男女之情的书上都认同一点,判断一个男子的最好办法就是,在他自以为周围没人的时候,暗中观察他的一举一动。我俩都对你有意,故而想借机观察一下。躲在帘子后面看。"

"我想破脑袋也想不到是这个原因!话说回来,还是得感谢二位姑娘!"

"都尉,"杜妮娅德一副谈生意的口吻,"今日出此意外,难道你不觉得应该买下我俩娶进门吗?"

"老天,饶了我吧!"乔泰大呼救命。

"这是天赐良缘!"她毫不让步,双手叉腰,质问道:"否则我俩为何要救你一命呢?"

达纳妮尔一直目不转睛地看着乔泰。此时,她亲启朱唇,缓缓说道:

"阿姐,切莫鲁莽行事。我俩说好了,我们姊妹俩要同时嫁给他。你看这个男子精力足够充沛吗?"

杜妮娅德怀疑地瞅了瞅他。"难说。我看他胡子都花白了。少说也年过四十!"

"要是我俩之中有一个无法尽兴,那可就糟了。"妹妹接着话茬往下说,"我俩一直想着要同享床笫之欢呢!"

"两个不知羞耻的荡妇!"乔泰暴跳如雷,"那个盲女也和你们是一路货色吗?"

杜妮娅德白了他一眼,满怀嫌弃地对妹妹说:

"他想要个盲女!原来他一心想的女子,竟是这等货色!"

乔泰败下阵来,不得不心力交瘁地对杜妮娅德说:

"命那老婆子叫两顶轿子过来,我把两具尸体带回府。趁轿子还没来,我帮你们清理一下屋子。不过有个条件,把你俩的樱桃小嘴都给我闭上!"

十五

与此同时,狄公与陶干一起在饭堂里用完了午饭。他们一边悠闲地品茶,一边等着乔泰。眼看快到未时,可乔泰仍未露面,狄公遂起身唤来管家,让他引路带他们去了议事厅。

黜陟使与鲍都督早已在厅内恭候,身边还立着个大胡子男子,此人一身锃亮铠甲。黜陟使介绍说,他是府兵将军;而另一个站在他身后较为年轻点的是关津总管。待梁福与姚开泰也向狄公请安后,黜陟使前面引路,狄公一行来至大厅中央。那里早已摆好一张宽大的议事书案,狄公遂在首席落座。

来人个个身份不凡,有头有脸,因而颇费了些时间来按等级一一落座。终于,各就其位,两个书吏也分坐在两张矮桌子前，蘸墨润笔，一切准备就绪。狄公宣布开始议事。他先是简要介绍了所面临的问题，然后命府兵将军简要汇报当前的形势。

将军简明要义，花了不到两刻时，便介绍清楚广州城区布局以及府兵所属兵力布防。期间议事被打断，一名小吏进来交给鲍都督一封信。都督匆匆看完信，遂向狄公告退。

狄公正要问府兵将军是否有可行的安全措施之时，黜陟使起身发言。正如他谨慎指出的那样，他打算从州府治理的角度泛泛谈一下广州城的情况。他正说着，鲍都督已回到自己的座位上。黜陟使说了有一刻时，拉拉杂杂，都是些不相干的细枝末节。狄公耐着性子，坐在椅子里左右不安。正听得不耐烦之时，进来一个随从。他向狄公小声报告，说乔泰有要事求见。狄公乐得趁机伸伸腿脚，便不顾官场仪制，决定亲自到厅外去见乔泰。他起身向在座各位说明情况，便离席而去。

在前厅，乔泰大致将倪宅发生之事述说了一遍。

"立即前往大食番坊，捉拿曼苏尔！"狄公怒不可遏，"此乃指控这恶徒的第一个直接证据！艾哈迈德与阿齐兹都是御史信笺里提到的名字。带四名手下。"乔泰听言，眉开眼笑。正欲转身领命而去，狄公又吩咐道："设法把倪船主也带来。他若仍未回来，传令衙门全城通缉姓倪的。我倒想会会那位船主！一睹密契修行者的真面目！"

狄公在议事桌首席重新落座后，正色道：

"今日议事要务之一，便是商讨采取何种措施应对曼苏尔，此人乃是大食番坊的首领。本相刚刚获悉，缉拿曼苏尔已迫在眉睫,遂下令派人前去捉拿。"狄公说着,目光扫过在座众人。

在座众人点头称是,除了姚开泰,只见他满脸疑惑。

"在下也曾听过大食暴乱的传闻,"他说,"不过,在下认为,这是无中生有的饶舌罢了。提及曼苏尔,在下与之交往甚密。他脾气暴躁,为人傲慢,但在下斗胆说一句,他从未有过叛乱之心。"

狄公冷冷睨视他一眼,淡淡言道:

"本官承认,到目前为止,手中并无确凿证据可以指控曼苏尔。既然身为大食番坊的头领,他本人必须对族人的每一件事情负责。这也正好给他机会以证清白。在无法排除叛乱可能性之前,缉捕他仍是必要的应对措施。请将军阐述一下那些防御措施。"

将军行事素来果断利落,此番陈述也毫不拖泥带水。接着,关津总管亦对限制大食商船在港口内的活动提出了几条建议。达成共识之后,狄公命鲍都督根据这些方案,拟出命令和布告。将所有方案拟成文书并得到各方认可,花费了相当长的时间,但好在最终成文,狄公一一签署盖章。正当狄公要宣布议事结束之时,黜陟使却从怀中掏出一叠厚厚的文书,放在书案之上。他郑重其事地清了清嗓子,开口说道:

"突发大食事件,占去狄相宝贵时间,下官深表遗憾。下官牢记,狄相此行意在巡察广州海外通商贸易,故命港口管事拟订了呈文,但凡重要货物进出港数目,一一详述在此。如蒙狄相不弃,下官将就呈文加以概述。"

狄公本想严厉申斥，明示其还有要事去办，但最终还是强忍了下来。至少，表面功夫仍需做好，不能给黜陟使的热诚泼冷水。他勉为其难地点点头，无可奈何地靠回椅内。

耳朵里听着黜陟使的喋喋不休，狄公心里却在琢磨着乔泰所报倪船主之事。曼苏尔企图嫁祸倪船主谋害乔泰，从这一点来看，船主与大食暴动的阴谋没有干系。他是否与盲女一伙？乔泰在倪宅做客之时，船主曾收到一张便条。而乔泰离开倪宅之时，盲女的包裹便被塞进他的衣袖。狄公想和陶干耳语几句，却瞧见他的亲随正全神贯注地听黜陟使陈述，不禁叹了口气。他最了解自己的亲随，陶干一向对经济事务格外关注。

黜陟使一说就说了半个多时辰，等他终于讲完，仆人们进来点亮了银制烛台上的蜡烛。梁福起身谈起黜陟使刚才提及的数据。看见随从再次返回厅内，狄公脸色一喜。不料随从满面愁容，匆匆对狄公说道：

"狄相，西北坊的坊正来了，有要紧事禀报都督。"

都督望着狄公，等待示下。见狄公点头，都督急忙起身，跟着随从出了大厅。

狄公正盛赞黜陟使和梁福之陈述，鲍都督却突然闯入，面如纸色。

"拙荆被人谋害了！"他哽咽道，"下官得要……"

乔泰此时走了进来，都督立马打住话头。乔泰快步走向狄公，一脸懊丧地说道：

"回禀狄相，曼苏尔不见了，倪船主也不见了。我不明白怎么会……"

狄公抬手打断了他,并马上令黜陟使:"派人捉拿曼苏尔,还有倪船主。速去!"说罢,他告诉乔泰鲍夫人遇害一事,并对都督说:"鲍都督,节哀顺变。我和亲随陪你回家中。这桩新暴行……"

"回狄相,案发现场不在下官家中!"都督大声说道,"拙荆是在光孝寺南面一座宅子里遇害的!下官从未听说过那个地方!就在第二条街的南拐角上!"

姚开泰发出低低的惊呼声。他呆呆地看着都督,嘴巴大张,目张眼突,惊恐万分。

"姚先生,莫非你知道那个地方?"狄公明察秋毫,洞若观火。

"是的,确实知道。在下……其实,那个宅子正是在下的,是平日用来招待生意伙伴的。"

"本官命你如实招来,如何……"都督刚要逼问,狄公却打断了他。

"姚先生也和我们一起去案发现场。到了那里再如实说明情况也不迟。"

狄公立马起身,吩咐黜陟使即刻执行方才议定的方案。说罢,他便带着自己的两名亲随以及鲍都督、姚开泰一行人,离开了议事厅。前院,兵卒们已点亮灯笼。在等轿子的时候,狄公问鲍都督道:

"是如何遇害的?"

"回禀狄相,拙荆是被人从身后用丝巾绞死的。"都督有气无力地答道。

狄公意味深长地看了一眼自己的两名亲随,未置可否。直到轿子的脚凳放下,他才对都督说道:

"鲍大人与我同乘一轿,里面宽敞,坐得下。坊正,你同姚先生共乘你的轿子。"

他让鲍都督挨着自己坐,乔泰和陶干坐在对面。轿夫们扛起轿辕,扛在磨出厚厚老茧的肩上。刚一起轿,乔泰便迫不及待地说道:

"狄相,姚开泰昨晚与我提到过那个地方!似乎他在那里养着几个漂亮姑娘,还派了个妇人照看……"

"现在我明白家里那个小娘儿们为何去那里了!"都督突然叫起来。"她是去会野汉子,就是那个倪船主!他俩是旧日相好,我真是个老糊涂、大傻瓜,我是后来才娶她过门的。我一直怀疑他俩仍背着我勾勾搭搭。奸夫淫妇!姚开泰竟然纵容这等丑事。狄相,下官恳请缉拿姚开泰与姓倪的,下官……"

狄公抬起手打断了他。

"鲍大人,莫要冲动!就算鲍夫人是去与倪船主相会,也无法证实凶手就是倪船主。"

"狄相,听下官将实情一一道来。拙荆知道今日下午我都会待在黜陟使府议事,于是便去和奸夫私会。她虽然水性杨花,头脑愚笨,但还是个大家闺秀……狄相,都怪我平日冷落了她。我也是不得已啊,黜陟使整日差使我,忙个不停歇,实在没有空闲……"他声音越来越低,直到听不见。他不停地摇着头,以手蒙脸。少顷,他稳住心神,仿佛轻声对自己诉说:"这次想必是拙荆去告诉倪船主,她要结束这段奸情,一刀两断。倪船主勃然大怒,便杀了她。想必这就是事情的经过。"

"倪船主逃匿,似乎确有嫌疑。"狄公说道,"鲍大人,目前尚不可草率下结论。"

十六

一座两层小楼前,站着四名衙役,其中两个手里举着纸灯笼,灯笼上写着四个朱红大字"广州都督"。见轿夫落轿,衙役正身致意。狄公下轿,鲍都督与两名亲随也跟着下了轿。等坊正和姚开泰也从轿子里钻出来,狄公便问坊正:

"命案发生在哪间屋子里?"

"回狄相,在大厅左边的茶室里。"坊正回道。"在下这就带大人过去。"

坊正带着众人来到一间颇为宽敞的大厅里。厅内点着白绸灯笼,悬挂在两个精美雕花架子上。门口左边立着一名衙役,右边摆着一张条几和一把大扶手椅。大厅后面开着一扇月门,圆形门洞上挂着的蓝色珠帘半掩着。当一只白皙的手迅速将帘子放下，珠帘便发出清脆的声响。

"坐这等着！"狄公指着右边的扶手椅对姚开泰说。转而他又问坊正："可曾挪动过现场的物件？"

"不曾动过。在下只进去过一次，放了两支点燃的蜡烛在桌上，然后确认她确实死了。这里的女管事称她为王姑娘。不过，我在她衣袖里发现一个织锦缎拜帖匣，上面清楚写着，她是都督夫人。狄相，一切都原封未动。"

衙役已打开茶室门，众人见是一间小小的茶室。茶室中央放着一张红木桌和三把椅子；左侧靠墙摆着一张条几，上面放着一只花瓶，里面的花都已枯萎。四周墙壁刷得雪白，点缀着几幅画工高超的花鸟轴图。茶室内只开有一扇窗，窗前卧着一个妇人，面朝下，身着平常的褐色衣裙。女尸身边是第四把椅子，已倒翻在地。很明显，这把椅子原本放在红木桌边最靠近窗子的位置。

狄公拿起桌子上的一支蜡烛，向亲随做了个手势。陶干屈腿跪下，将女尸翻转过来。都督急忙将脸扭向一旁，乔泰遂过去挡在他和尸体之间。女尸面目扭曲狰狞，肿胀的舌头从沾满血污的嘴里伸出来，一条丝巾牢牢地系在脖子上。陶干费了好一番工夫才将丝巾解开。陶干默默地把系在丝巾角上的银币亮给狄公看。

狄公示意乔泰将死者面部盖上，遂转身向站在门外的坊正问道：

"如何发现命案的？"

"回狄相的话，她到这里大约一刻时的时候，小丫鬟以为与她相会的男子已经来了，便进来上茶。一进屋，她便看见了尸体，遂厉声尖叫起来。外面街上的路人听到她的叫声，当时屋内窗户开着，就像现在这样，窗户朝着两幢房子中间的窄巷。总之，巷口的两个路人听到丫鬟的尖叫声，便跑到在下的衙署禀报。我一听，就急忙赶过来了，看到底出了什么事。"

"原来如此。"狄公说道。他吩咐乔泰和陶干搜查屋子，看看能否找到线索。接着，他又吩咐人将尸体送到府衙。他对鲍都督说道："现在我去审问这里的女管事，鲍大人，你也一起去。坊正，你将人押在何处？"

"回狄相，那个女管事，也就是管家婆，在下将她押在大厅后面的会客室内。四个住在这里的年轻女子，我吩咐她们都待在自己的房内，不得出来，都在二楼。我让丫鬟都待在厨房里面。"

"办得好！鲍大人，走吧！"

一见狄公进大厅往月门方向走，姚开泰立刻从扶手椅上跳起，可狄公却故意不理会他。都督则怒气冲冲，侧目而过。姚开泰心惊肉跳，赶忙溜回到座位上。

会客室不大，里面只放着一张雕花乌木茶几、两把配套的乌木椅，还有一个高橱。橱边立着一个衣着素净的中年妇人。一见二人进来，妇人连忙道了个万福。狄公在茶几旁坐下，示意都督坐在另一把椅子上。坊正将那妇人按低跪下，自己则双手抱臂，立在妇人身后。

狄公开始审问，先从她的姓名和年龄盘问。妇人一口北方话，言辞闪烁，吞吞吐吐，但狄公旁敲侧击，从妇人口中套出话来。原来姚开泰五年前买下这座宅子，让她照管那四个女子。其中两个是姚氏赎身的青楼女子，另外两个是梨园女戏子。每个姑娘都是花重金供养，耗资不菲。姚氏隔三岔五来一次，有时独自前来，有时带着两三个朋友。

"你是如何与鲍夫人相识的？"狄公问那妇人。

"奴家起誓，并不知晓她是都督夫人！"妇人哀号道，"否则，奴家万万不肯让那倪船主带她来呀。他……"

"我说什么来着？"鲍都督气急败坏，"那奸夫……"

"都督，息怒。"狄公打断他的话，垂目睥视女管事，喝道："说下去！"

"对了，我方才说到，船主几年前找到这儿，称她是王姑娘。问能否借用一个房间，就一个下午，说说话而已。官爷，那船主也是个有身份的人，再说，又肯出大价钱付茶点费，奴家就……"

"你家主人可知此事？"狄公问。

妇人满脸通红，结结巴巴地说道：

"官爷，船主总是下午来……也就一盏茶的工夫，奴家……奴家觉得无须叨扰主人，便……"

"你便私吞了船主付的茶钱。"狄公冷冷说道，替她把话说完。"当然，你当然知晓船主与那女子通奸。如此一来，你没有合法执照，却私开妓院，应当受到鞭笞。"

妇人听闻，连连叩头捣地，大呼冤枉：

"官爷，奴家对天起誓，船主连她的手都未曾碰过！再说，屋子里连张卧榻、板凳都没有！官爷，不信问问那些丫鬟！她们可是一直进进出出，端个茶上个糕点什么的。她们会告诉官爷那两人如何坐在那里聊天的。有时，他们就下盘棋，不过如此！"妇人痛哭流涕道。

"不得喧闹，站起身来！坊正，去向丫鬟问话，看看她说的可属实！"狄公又问妇人，"船主每次来与鲍夫人私会，可会事先告你？"

"回官爷，没有。"妇人扯着衣袖擦净脸上的眼泪，"何需事先告呀？他知道主人下午不会来这里。船主和她总是前后脚到，有时船主先到，有时夫人先到。今日夫人先到的。丫鬟领她去了他们常用的那个屋子，以为船主一会儿就到。谁知他这次竟会失约。"

"他肯定来了！"都督气得大嚷，"只是你未看见他而已，你这蠢妇！他是翻窗户进来的，而且……"

狄公抬手止住都督，继续向妇人问话：

"这么说，你今日未曾见过船主。那么，在鲍夫人来这儿之前或之后，可曾有过其他的客人？"

"回官爷，没有。要那么说，倒也有……就是那个怪可怜的姑娘，她是在鲍夫人之前到的。不过，她眼睛看不见，奴家就……"

"你刚才说有个盲女?"狄公一惊。

"官爷,奴家不敢撒谎。她穿着一件平常的褐色裙衫,有点旧了,不过说话倒是斯文得很。说她是来为上次晚上爽约而向主人赔罪的。奴家问她是不是常卖蟋蟀给主人的那个姑娘,她道是的。"

女管事突然噤口不言,回头惊恐地看了一眼月门。

"不得隐瞒,把你知道的所有关于那个姑娘的事都如实招来!"狄公厉声喝道。

"呃,奴家记得,主人确实曾在这宅子里等过她。主人说,她以前若有了上好的蟋蟀,便会送到大宅子里去,但以后就会送到这里来。主人还曾吩咐奴家,让在楼上给她备个房间。官爷,那姑娘虽然眼瞎,倒也长得清秀,人也知书达理。况且,我家主人喜欢换换口味……"她耸耸肩膀,"话说回来,她那晚确实没过来,主人是和这里别的姑娘过的夜。"

"原来如此。那盲女听到你说主人不在后,是否立刻离去?"

"回官爷话,没有。我们站在门口说了会儿话。她说除了想见主人,她还想在这附近找她的一个女伴,这个女伴最近刚开始做私人营生。她说就在附近什么地方,华塔寺后面。奴家说,她肯定弄错了,奴家知道这里没有人做那样的营生。奴家便对她说:'丫头,去宅子后面的妓院找找看。'姑娘们要是干了这一行,只会跟人说自己干的是私人营生,听起来好听一点罢了。后来,奴家直接把她带到后门,告诉她去妓院的路怎么走。"

突然,竹帘一掀,坊正走了进来,身后跟着倪船主,由衙役左右押着。鲍都督见了就要跳将起来，狄公忙用手按住他的胳膊。

"坊正，在何处抓到船主的？"他问。

"回狄相，他坐着轿子来的，还带着两个朋友！大摇大摆走进来！外面正贴着缉拿他的告示！"

"倪船主，你为何到此？"狄公缓缓问道。

"回狄相话，在下与熟人有约。本应早点到的，但来的路上顺路拜访了一个朋友，在他那里碰到了旧日相识的一位船主。我们喝酒叙旧，不知不觉就耽误了。为此，在下雇了顶轿子，带着两个朋友一起前来，想着出门跑一趟可以醒醒酒。可到了这儿，便见门口守着衙役。这儿可是出了什么事？"

狄公没回答倪船主的问题，而是吩咐坊正，"去向那两个人问话，核实一下！"然后才对倪船主说："你原准备来相会的熟人是谁？"

"回狄相，这个嘛，容在下有所保留。其实，是姚先生的一个姑娘。在下原在姚先生之前，就与那女人相识……"

"船主，不必再费口舌扯这些谎话了。"狄公马上打断他的话，"她已遇害。就在你们经常私会的茶室里。"

倪船主的脸色顿时变得煞白。他还想多问些情况，但一瞧见鲍都督，便生生把话咽了回去。众人一时无话可说，气氛尴尬难挨。都督自打见到倪船主，便一直怒目圆睁地盯着他。他刚要质问，坊正回来了，对狄公说道：

"回禀狄相，那两人所说与倪船主所言相符。丫鬟们也证实,有关两人相会之事,女管事所言不虚。"

"本官明白了。坊正,将船主带至乔都尉那里,让他把事情说清楚。众衙役,退到外面守着!"

众衙役退下,鲍都督一拳砸在桌子上,口中语无伦次,发泄着心中的不满。但狄公没让他继续说下去:

"鲍大人,尊夫人是被误杀的。"

"误杀?"鲍都督竟一时愣住了。

"的确如此。就在尊夫人到这儿前不久,那个盲女也来过此地。有一两个人尾随她而来,并企图谋害她。歹人一见她进了这座宅子,便设法找地方偷偷翻了进来。可就在这时,那盲女被带到后门出了宅子,而尊夫人则被丫鬟领进了门。尊夫人的衣着打扮与那盲女差不多。凶手从茶室窗外窥到尊夫人坐在里面,背朝着窗口,便误以为是盲女,于是溜进来将她从背后勒死。"

都督听着,简直难以置信。最后,他缓缓点了点头。

"拙荆曾见过那个盲女!"他突然大声说道,"那个盲女定是凶手的同伙!她到这里来,是为了转移管家婆的注意,好让那些歹人趁机下毒手!"

"目前尚无法证实这点,"狄公说道,"鲍大人,先回家去吧。事到如今,你该明白,尊夫人从未欺骗过你。她一直同旧相好倪船主保持来往,此举确实不妥,但并没有玷污你之门庭。回去吧!"

"她死了。没了。"都督目光呆滞,神色恍惚。"还那么年轻，她……"他的声音哽咽着。突然，他站起身，走出了房间。

望着都督佝偻的背影，狄公心下暗道，永远不让他知道自己的妻子曾与曼苏尔有过一段不光彩的过往。狄公隐隐觉得其中有些蹊跷，一个大唐女子，还是个名门闺秀，怎会对一个大食人动了真情？他稳住心绪，转身对仍站在那里的女管事，厉声说道：

"快说！还有哪些外面的女子来过此处？有没有大食人？"

"官爷，没有，奴家对天起誓！主人倒是隔段时间就换个姑娘，可……"

"罢了，本官会亲自寻他问话。现在本官问你，他带到这里的男子当中，你可曾见过一个高大英俊的北方人？"他描述了一下刘御史的外貌。女管事摇了摇头说，姚开泰交往的朋友均为广州本地人。

狄公站起身。姚开泰一见狄公从月门里走出来，遂马上从椅子上跳起来。

"去外面候着，在本官的轿子里，"狄公草草吩咐一句，遂又回了茶室。

茶室里，倪船主正与乔泰、陶干交谈。尸体已被移走。陶干赶忙禀道：

"狄相，凶手是从屋顶进入房间的！这扇窗户旁边有一棵大树，高至二楼屋檐。我发现有几处树枝被折断，痕迹是新近留下的。"

"这就对了！"狄公说着，又对倪船主说道："鲍夫人为强盗所害。你与鲍夫人交往，结局悲惨，这也是迟早的事。船主，与有夫之妇藕断丝连，实乃不义啊!"

"倪某斗胆说一句，我俩的情形有所不同。"船主心平气和道，"她的夫君常年冷落于她，而且两人膝下无子，她连个说话的人都没有。"

"她还有个瞎眼的女伴，"狄公淡淡地说道。

倪船主茫然地看了他一眼，摇摇头说：

"回狄相，她从未提到过什么盲女。不过狄相所言甚是，都是倪某咎由自取。几年前，在下犯浑，和她大吵一架后，便离她而去。在下上船出海，盘算着几个月后便能回来。谁料想，碰到坏天气，海船在南海失事。后来在下逃到一个岛上，费了一年多的时间才回到广州。那时，她对在下已死了心，嫁给了鲍都督。后来，她因为姐姐意外身亡，再加上婚姻不幸，便一时鬼迷心窍，被曼苏尔勾引了去。她想要在下帮她出主意，在下便想到姚先生的这座别院，在此处私会定然不会走漏风声。曼苏尔敲诈勒索她，而且……"

"曼苏尔腰缠万贯，何必要行敲诈勒索这种下三烂的手段？"狄公追问。

"回狄相的话，因为那时他急需一笔现银。哈里发没收了他所有的财产。曼苏尔后来发觉是在下在付钱，他就提出要更多的钱财，因为他知道在下有波斯血统，而他痛恨所有的波斯人。"

"既然说到波斯人，你那两个奴婢的父亲到底是何人？"

"在下实在不知。早些时候，我还可以有些办法追查出来，但那样也挽救不回她们母亲的命。再说，那样也不能给她俩一个真正的父亲。"他怔怔地盯着窗前的地板，过了良久才忧心忡忡地说道："她是个奇怪的女子，多愁善感。我觉得陪她聊天说话，对她大有益处，她……"他突然说不下去了，拼命想控制住抽搐的嘴唇。

狄公转头看着两个亲随。

"现在回黜陟使府。"他对两人说道，"到了府里，我先和姚先生谈谈，然后用晚饭。你们俩晚饭后也直接去府里。还有诸多事情需要商议。"

乔泰和陶干送狄公上轿，然后返身回到屋内。

"我一大早吃的早饭，就吃了两个油饼，"乔泰冲着船主抱怨。"午饭没吃，脑袋还被重重地敲了一记。现在我须得饱餐一顿，还要痛饮一番。船主，和我二人一起去吧，不过有个条件，你得带我俩去最近的酒馆，抄近道去！"

船主感激地频频点头。

十七

去黜陟使府的路上,狄公一直沉思默想,这似乎令姚开泰愈加不安。他时不时局促不安地偷瞄狄公一眼,但始终鼓不起勇气开口说话。

轿子在府门前落轿,狄公带着姚开泰直奔大厅,大厅此时已暂时改作狄公的书房。一进门,姚开泰便被大厅的气势给镇住了。狄公在宽大的书案后坐定,示意姚开泰坐在对面的椅子上。管家进来上茶,随后退下。狄公紧盯着姚开泰,面色严峻。他不慌不忙地把茶喝完,放下茶杯的当儿,猝不及防地开口问道:

"你是如何结识那个卖蟋蟀的盲女的?"

姚开泰遽然一惊，瞥了一眼狄公，又立马避开。

"回狄相话，其实，再寻常不过！在市集上遇见的。您看，在下有个嗜好，就是好斗斗蟋蟀。她一开口，我便知道她是养蟋蟀的内行人。刚开始的时候，她一搞到了上品的蟋蟀，便送到我的大宅子去。最近，在下寻思……呃，要是送到我的……别院里，会更……更方便些。"

"原来如此。她住在何处？"

"在下从未打听过！也无须打听。正如在下所言，她自己会过来，如若……"

"本官明白。她叫什么名字？"

"回狄相，她自称叫兰荔。我也不知道她姓什么。"

狄公冷冷一笑："莫非你的意思是说，除了闺名，你对自己的相好一无所知？"

"回狄相，她不是姚某的相好！"姚开泰心急火燎，高声辩白。他迟疑了一下，歉然道："姚某承认，有一两次，曾有过这样的私念。狄相不知，那女子斯文有礼，长得也好看，眼睛瞎了，却更让她别有风情，于是，在下……呃……"

"罢了，"狄公厌恶地说道，"她碰巧与最近发生的罪案有牵连。"姚开泰一听，急欲发问，狄公挥手止住。"她涉嫌鲍夫人的命案，本官已派人缉拿。姚先生，待把她捉拿归案，本官便会马上查证你方才所说。现在，本官命你写下别院里那些女子的名字和身世，一一详述。这次，你不会只知道她们的闺名了吧？"

"不敢,不敢!"姚开泰诺诺称是,并挑了一支毛笔。

"如此甚好。本官稍后就来。"

狄公起身走到厅外。到了前厅,他吩咐管家道:

"去告诉我的四个手下,待姚开泰离开黜陟使府,立即监视他的行踪。一旦他进入华塔寺附近的私宅,叫他们立刻回来向本相禀报。若他去见盲女,立即将二人拿下,并押回府里。无论他走到哪儿,都要有人跟着。有任何消息,及时回府禀报。"

他回到大厅,大致看了一下姚开泰写的东西,便把他打发走了。这个大腹便便的商人离开时,显然如释重负。

狄公轻叹一口气。他唤来管家,吩咐他传晚饭。

乔泰和陶干进来时,看见狄公立在窗前,窗口微风习习。两名亲随上前请安,狄公在书案后坐下,向二人分析了案情,冷静而客观:

"我已向鲍都督挑明,鲍夫人是被误杀的。凶手谋害的对象是那个盲女。"

陶干大声惊呼,狄公没有理会,然后把姚开泰金屋藏娇一事大致说了一下。"显然,那个盲女在独自调查。正如先前所言,刘御史遇害时,她就在现场。但她不知道谋杀的确切地点。她怀疑案发现场是在华塔附近的私宅里,于是去盘问姚开泰的女管事。有人发觉她在追踪调查,遂起了歹意,要杀人灭口。想必他们雇佣的杀手便是蜑民无疑,因为凶器又是丝巾,上面系着一枚银币。至于姚开泰嘛,晚饭前他离开这里,我已命人盯着。这样,我们很快便会知道,他是否有意隐瞒他和盲女的关系。他狡黠精明,绝非等闲之辈,但我相信,我把他唬得够呛,他肯定马上会找同伙商量。姚开泰心里清楚,我们在找盲女,倘若他确实有罪,他会再次对盲女下毒手。我知道这姑娘在暗中帮助我们,但此时情势危急,牵一发而动全局,这就使我们没办法顾及她的安危了。况且,我们对她的来历仍一无所知。"

狄公顿了一顿,捋髯沉思。"乔泰,现在说说你的情况,有人背后偷袭你,还差点置你于死地,我想不通的是,曼苏尔如何知道你会重返倪宅。我是临时起意叫你去的。即便那两个大食人自你离府后便一直跟踪你,但他们也来不及去报告了曼苏尔再赶回倪宅啊?再说,行凶的动机是什么?我们已经了解到,曼苏尔痛恨倪船主,可行凶的目标显然是你。谋害性命往往是解决私人恩怨的极端手段。恐怕事实远非是我们知道的这些。"他意味深长地看着乔泰,"必须得说,那对双生姊妹很有胆量。乔泰,你欠人家一条命,得上门致谢,还要备上厚礼。"

乔泰尴尬万分,恨不得找个地缝钻下去。他咕咕哝哝,说要先征求倪船主意见什么的,糊弄一番,遂赶紧打岔说道:

"大人若是没其他要紧事办,陶兄和我就四处找找曼苏尔。我脑袋上还顶着一个鸡蛋大的包。我非得亲手抓住那个狡猾的杂种不可!再说,我们也可以顺便找找盲女。衙役们倒也都在找他俩。可是,一来,我和曼苏尔有私人恩怨;二来,陶兄对那盲女的长相更为清楚。"

"如此甚好。不论有无收获,你俩务必在入寝前赶回。我估计政事堂的密函今晚便会到，也许会令我们立即采取行动。"

两名亲随躬身告退。

两人站在街上等轿子时，乔泰说道：

"今晚找曼苏尔只能碰运气喽。没必要再去大食番坊寻找，因为那里的人都认识我。再说，我们又不会说那该死的大食语。依我看，他不会藏在那里。我们不妨去港口大食商船上找找看。陶兄对盲女的下落，可有什么线索？"

"嗯，她不仅要躲避官府的追查，还要躲避同伙对她的追杀。也就是说，小客栈或者出租屋她都不可能去。我估摸她可能躲在哪个废弃的房子里。她曾说过，她对市集周边了如指掌，我们不妨从那里开始找。先缩小范围，找出蟋蟀常常出没之处，她应该对那种地方最熟悉。"

乔泰说道："好嘞，先去市集。"一顶轿子打面前经过，他连忙招呼，但里面已有人。他摸着小胡子，又道："陶兄，看来你和那小娘子聊的时间可够长的呀。哥哥，你不懂姑娘，可你总可以和我说说，她大致是个什么样的女子。"

"是那种惹是生非的女子，"陶干气呼呼地说道，"给别人带来麻烦，也给自己惹麻烦。是个傻娘们，傻到不能让她出门的地步！居然轻信世间都是好人，以为人心向善，真是的，简直不可理喻！感谢苍天，我没那么傻！瞧瞧她现在干的什么事哟，竟然和那些谋害刘御史的凶手扯上了瓜葛，天知道会给自己招来什么样的灾祸！说不定她还以为毒死御史是出于好心，可以一劳永逸医好他的宿醉。天老爷呀！只送来一只唧唧叫的蟋蟀，却不肯当面告诉我事情原委。要是找到那女子,"他恨恨地说,"我要马上把她关进牢里,省得她再惹是生非!"

"陶兄,好口才啊!"乔泰酸溜溜地说道,"哈,轿子来了!"

十八

乔泰和陶干在市集西面的牌楼门前下了轿。市集内,人们还未散去,油灯和彩罩灯笼交相辉映,照得街上亮如白昼。

从攒动的人流望过去,乔泰发现一根柱子,上面挂满了小笼子。他停下脚步,说道:

"前面有个蟋蟀摊位。去问问摊主,看附近什么地方能捉到好蟋蟀。"

"怎么能指望他说实话,向外人透露做蟋蟀生意的诀窍?即使问他,他也会扯鬼篇,说他是在山里捉到的,沿江往上游走三十里的地方,还只能在每月下弦月的第三日去捉啊!罢了,我们还是从市集穿过去,从南门出去,那里有个僻静之处,正在拆老房子,到那里转转。我上次就在那里遇到的她。"

两人从蟋蟀摊前走过时,听到一阵咒骂声,夹杂着撕心裂肺的惨叫声。二人推开看热闹的人群,见摊主正揪着一个十四五岁男孩的耳朵。摊主"啪啪"扇了男孩几记响亮的耳光,嘴里喊着:"现在赶紧去把你忘拿的笼子给取回来,你这个懒骨头!"喊罢,他一脚把男孩踹了出去。

"跟着他!"陶干悄声说道。

男孩手捂着耳朵,跌跌撞撞往前走。过了一条街,陶干追上男孩,一把揽住他的肩膀,说道:

"你那东家真不是个东西!前些天,他还骗去我一锭银子。"男孩抹去脸上的泪水。陶干又道:"我朋友和我今晚想捉几只上好的斗蟋蟀。看你是个懂行的,你说去哪里捉?"

"外行人捉不到好蟋蟀,"男孩一本正经地说,"要知道,蟋蟀三天两头换地方。几天前还可以在关帝庙捉到好的,现在还有人去那里逮,却一只也逮不到喽!我们内行人都知道,现在得去科场,到那儿才能捉得到。"

"多谢!明日早上,在你东家的靴子里放一只蜈蚣。到时候可有好戏看喽。"

陶干领着乔泰往市集的东门走去,他突然懊悔不迭地说道:

"本该想到的!打这里往东走,过两条街就是科场,有整整一个坊的面积。里面有几百间小号子,每到秋试,岭南学子都会来此赶考应试。现在这个时节,科场空置,倒是绝妙的藏身之所!去那儿可以捉几只上品的蟋蟀,再卖个好价钱!"

"科场无人看守吗?"

"应该有个看守,但他不会上心!游民或乞丐都不敢在那里过夜。你可曾听过,科场时常闹鬼?"

"老天,可不是嘛!"乔泰嚷嚷起来。他记起来,每年大唐秋闱,都有不少穷书生寻短见。他们日夜苦读诗书,为筹资赴考,或典当家产,或借高利贷。一旦金榜题名,立刻封官加爵,从此有了功名,仕途坦荡。然而,倘若名落孙山,就还得继续悬梁刺股,发奋勤学。一旦落榜,不仅一贫如洗,在人前还抬不起头。考生进了考场号子,就得在里面关上一整天,应试答题。若看到试题太难,便心灰意冷,当场自尽。乔泰想着想着,不由放慢了脚步。他停在一个摊位前,买了一只小灯笼。"里面肯定乌漆墨黑的!"他对陶干讪讪说道。

两人自东门出了市集,没走多远,便到了科场。

街面上漆黑一片,空无一人。科场的院墙整整占了一条街,高高耸立,没有一扇窗户。拐角处有一扇朱漆大门,那是进入科场的唯一入口。大门紧闭,但旁边的角门却虚掩着。乔泰和陶干走了进去,看见看门人小屋的窗户里透出一丝光亮。他俩轻手轻脚地从小屋前走过,快步走上科场的南北通道。

借着朦胧的月色,两人见通道笔直,两边各有一排一模一样的号子。每间号子里只有一张桌几和一把椅子。考试那天早上,考生带着食盒,进入各自的号子。考生先被仔细搜身,看有无夹带小本的典籍或者小抄,然后开始发放试卷,封门。黄昏时分,待所有的答卷收齐后,号门才会被打开。每逢秋闱应考,这里热闹得好似马蜂窝一般。而此时,却静如坟冢。

"见鬼,我们得查多少间号子?"乔泰又气又恼。他讨厌这里阴森森的感觉。

"几百间!"陶干倒是颇为兴奋。"先得弄清楚这里的格局。"

两人沿着空荡荡的过道,边走边看标在门上的号码,很快就搞清楚布局走向,原来成排的号子围成一个四方形,中间是一个院子。两人面前的是一座二层楼房,煞是气派。原来这就是明远楼,监考官们在此登高监考,也在楼中阅卷。

陶干停下脚步,指着楼房说:"比起号子里的方寸之地,那个地方是更好的藏身之所!里面书案、座椅、床榻,数不胜数,应有尽有!"

乔泰没作声。他一直仰头盯着二楼东角突出的露台看了一会儿,轻声说道:

"嘘!我看见楼上有东西在动!"

两人屏气凝神,盯着露台望了片刻。露台上隔着一道细密的栅栏,仔细一看,原来是一扇小格子窗。夜空中,星辉闪耀,照得屋顶飞檐分外清晰,但未发现有一丝动静。

他俩迅速穿过院子,跨上大理石台阶,紧贴着大门,借着头顶的屋檐遮住身形,以免被上面的人发觉。陶干发现门没锁,便小心翼翼地把门推开,两人遂进入黑漆漆的大厅。

"我把灯笼点亮,"乔泰压低声音说。"亮光无妨,我俩需仔细,别让她听到动静。"

在灯笼的光照下,大厅显出轮廓:房间呈八边形,宽敞疏阔。靠后墙是一个高台,似宝座般威仪庄重,主考官便在此宣读科考结果。高台上方悬挂着一块巨幅朱漆匾额,上面刻着"鲤跃龙门",意思是,若有鲤鱼逆流而上的勇气和坚忍不拔的毅力,必将学有所成。大厅两侧分别有一道楼梯。二人从右侧楼梯上去,本以为从这儿能上到二楼的东角。

怎料楼上大厅呈圆形,与一楼的格局并不一样。他俩看到的入口就不止八个。陶干确定一下两人所处的方位,遂拉着乔泰进入右手边的第二个入口。结果走到头才发现里面是两间公事房,空空如也,积满灰尘。两人只得蹑手蹑脚地退出来,进入下一个过道。走到尽头,陶干慢慢推开门,发现自己到了一个露台之上,三面敞开。右边便是他们刚才从下面看到的带有格栅窗的露台。一丈开外,隐隐约约看见有个女子的身影。那女子坐着,俯身在一张桌子旁,似乎在看书的模样。

"就是她!"陶干凑到乔泰耳边小声说道,"我认得她的模样!"

乔泰不知咕哝了一句什么。他指着楼下白色通道对面一长排的号子间,压着嗓子说道:"刚才有个又小又黑的东西溜到左边的号子里去了。又有一只。没有脚,只有长长的细弯胳膊!"他抓紧陶干的胳膊说:"一到黑暗地就消失没影了。我说,那绝不是人!"

"想必是月光在作祟,"陶干小声回道,"先过去找那个女子。她肯定是人!"

他一转身,只听得哗啦一声巨响,原来他的衣袍带子钩住玫瑰花刺，将放在露台角落里的高花架上的花盆带倒在地。

两人连忙跑回圆形大厅，驻足片刻，却没听见任何响动，也没看见任何身影。于是，两人赶忙冲进隔壁的过道里。过道尽头是一间小小的书房。他们气恼得骂了一句，遂又忙回身跑进第三条过道里。终于他俩到了带格栅窗露台上。然而，露台上的女子早已不见了踪影。

乔泰跑下楼，指望能追上那个逃走的女子。陶干迅速检查这个小房间。里面有一张窄竹榻，铺盖叠得齐整。桌子上放着一只银丝小笼子。陶干刚拿起笼子，里面的蟋蟀便开始唧唧鸣叫。他放回笼子，捡起两张折叠起来的纸片。拿到窗口辨认，原来是两幅舆图。一幅绘制的是珠江口，另一幅绘的是清真寺周边的大食番坊。乔泰落脚的五仙客栈还用红笔标出。

他把舆图和笼子都收到衣袖里，然后走回到圆厅。乔泰此时也爬上楼来，气喘不止。

"陶兄，她把我们耍了！"他咬牙切齿，"后门开着。一个瞎子怎么能逃得那么快？"

陶干一语不发，先把舆图递给乔泰，然后恼羞成怒地说道："一个瞎子怎么能看舆图？罢了，当务之急，是赶快下楼，到院子里看看。"

"好。虽说让那女子溜了，但我想再看看刚才见到的那些黑乎乎的古怪东西。就是想证实一下，我是不是看走了眼！"

他们下楼来到院子里。沿着场院东边一排排的号子，边走边随意推开一扇门查看，但那些小黑屋里除了统一配置的桌椅外，别无他物。这时,突然一声沉闷的叫声响起。

"在后面一排!"乔泰尖声叫道。

两人拼命顺着过道跑去。乔泰比陶干先跑到转角,只见身影一闪,便没了人影。大约半程的距离,但见一间号子的门半开着。他听见里面传来椅子倒地的响动,接着又响起妇人的厉声尖叫。乔泰刚跑到门口,尖叫声戛然而止。正当他抬手推门之际,却感到一条顺滑的丝带紧紧缠住他的脖子。

出于习武之人的本能,他下意识地用下巴抵住胸膛,绷紧厚实的脖颈肌肉。与此同时,他一个空翻。这时,袭击者仍紧贴在他后背,但这一招对从后面勒人脖子的袭击者来说,也是致命的一招。乔泰的全身重量都压在身下的袭击者上面,他感到喉咙一阵剧痛。但同时,他听到骨头咯吱断裂的声音,随之缠在他脖子上的丝带松了。

他一骨碌站起来,一把扯掉脖子上的丝巾。另一个矮胖的男子从对面号子里冲出来。乔泰想要抓住他,但没抓住,便紧追上去,不承想右臂却猛地被扯住,吓了他一大跳。原来胳膊被一个蜡线套索给套住了。趁他拼命挣脱套索之际,那个矮小的黑色身影便消失在了过道的尽头。

"抱歉抱歉!"陶干在他身后喘着粗气。"我本来是想套住那个人的脑袋!"

"哥哥,你可得好好练练功夫!"乔泰气不打一处来。"眼睁睁让那个畜生跑了。"他恨恨地看着丝巾,又掂了掂系在丝巾角上的银币,然后一把塞进袖子里。

一个窈窕的身影从号子里出来,乔泰感到两条光柔的胳膊搂住自己的脖子,一个卷发小巧的脑袋抵在他的胸膛上。接着,另有一个女子也从他身后号子里走了出来,双手提着被扯烂的裤子。

"天老爷啊!"乔泰惊呼,"又是这对冤家姊妹!"

杜妮娅德松开乔泰。陶干举高灯笼,亮光照在一对双生姊妹的脸庞上,只见双姝花容失色,身子半裸着,上面满是青斑瘀块、血迹抓痕。

"那些歹人想要强暴我们!"杜妮娅德泣不成声。

"是不是一人独霸一个!"乔泰幸灾乐祸,"以前从未这样有福同享吧!快说,你俩怎么到这种地方来的?"

达纳妮尔抹了一把眼泪。

"都怨她!是她拿话激我!"她怨恨地瞪了一眼哭得梨花带雨的姐姐,噼里啪啦地说了一通:"船主一直没有回来用晚饭,我们便决定去市集上吃碗面条。她说科场院子里闹鬼,我说没有,她非说有,还嘲笑我胆小不敢进去。然后我们就来了,偷偷溜过看门人的小屋,就只瞅了一眼第一条过道。这地方毛骨悚然的,真是骇人。就在我俩打算赶紧离开这个鬼地方时,那两个可恶的矮子不知打哪儿钻出来,追着我俩跑。我们吓得往前跑,跑得比兔子还快,逃到这间号子里,可他们把门撞开。一个抓住阿姐,硬把她拖到对面的号子里;另一个把我压在桌子上,动手扯我的裤子。"她把撕破的衣服往身上拢拢,不无得意地补了一句:"趁他想亲我的脸时,我一个大拇指,戳进他的左眼里。"

"他们嘴里一直嗷嗷叫,叽里咕噜的,听不懂他们在说什么话!"杜妮娅德哭诉道,"他们绝对不是人!"

"这个脊梁骨断了的家伙,可是活生生的人,"陶干说道。他已经查看过躺在过道上的那具尸体。乔泰一眼认出那张干瘪的脸:高颧塌鼻,低眉蹙额。

他对陶干说:"水户人。他们又在追杀那个盲女。本来刚才在露台上就可以杀了她,可他们临时起了淫心。一个小小的邪念,给自己惹来了杀身之祸,万劫不复。罢了,我们送这两个巾帼英雄回家吧!"

两个姑娘进了号子,等她们出来时,身上的花纹短衫和裤子均已收拾得当,足以见人。两人温顺地跟在乔泰和陶干身后,向看门人小屋走去。

猛敲几下门板,看门人才从门内探出脑袋,一脸睡意。乔泰亮明身份,命令他,待他们走后,大门上锁,等着衙役前来收尸。他恶作剧地解释道:"我说的可不是收你的尸!"

众人沿街一路南行,不久便到了倪宅门前。

船主亲自开门。一见两姐妹,他大松了一口气:

"谢天谢地!你俩又去哪里胡闹了?"

姐妹俩扑在他的怀里,兴奋地叽叽喳喳,乔泰猜两人说的是波斯语。见她俩说个不停,便打断道:

"船主,先让她们睡觉去吧!她们差点就失身了。还得劳你大驾,今晚一劳永逸地解决这个后顾之忧,免得夜长梦多。"

"这个主意绝妙!"倪船宠爱地看着这对璧人。

"好运!看在老天的分上,船主,她俩一旦有了名分,千万别让她们恃宠而骄!我有个把兄弟,娶了一对双生姊妹。成家之前,他可是武林高手,风流不羁,把酒寻欢。可现在变成什么样子了,嗯,陶兄?"

陶干撇嘴摇头,做沉痛状。

"他现在到底如何?"船主连忙追问。

"英雄迟暮喽!"乔泰难掩满腹的郁闷,"告辞!"

十九

乔泰与陶干返回黜陟使府。大厅内,两盏巨型银烛台下,狄公借着熠熠烛火,伏案疾书。一见两人衣衫不整,他忙将毛笔搁下,惊问:

"你二人究竟干什么去了?"

乔泰和陶干坐下,把在科场发生的事情一五一十述说一遍。狄公听罢,一拳砸在书案上。

"蜑民刺客,大食恶徒,这些无恶不作的歹人在这座城里胡作非为,恣意妄为!官衙里的人整日都忙些什么呀?"他平复一下怒气,用稍微缓和一些的口吻说道:"陶干,把那些舆图给我看看!"

陶干连忙从袖子里掏出蟋蟀笼子,小心地放在书案远处,然后取出舆图铺展开来。恰在此时,蟋蟀开始唧唧尖叫起来。

狄公瞪了一眼蟋蟀,这才开始捻须研究起舆图来。少顷,他抬头说道:

"这些都是旧时的舆图。这张大食番坊标注的时间为三十年前,那时候,大食船只刚开始定期进港。不过,据我看,绘制内容还是相当准确。乔泰住的五仙客栈上的红点,是刚标上不久。兄弟们,那个盲女同你我一样,都不是瞎子!陶干,想想办法,让那只虫子别聒噪了!"

陶干把小笼子塞进衣袖里,然后问道:

"狄大人,跟踪姚开泰的人回来了吗?"

"没有。"狄公回答得很干脆,"京城的公函也未到。而现在已近子夜了!"

他愁容满面,默然沉思。陶干起身沏了壶新茶。一盏茶过后,管家领着个瘦模样的人走了进来。此人身着蓝布长袍,头戴弁帽,唇髭花白,但膀阔肩厚,武士身段。待管家一离开,他才以一副公事公办的口吻禀道:

"姚开泰离府后便径直回了家,独自一人在他家花园凉亭里用了晚饭。饭后,他便回到内屋。我们后来唤丫鬟问话,她们说,他把四个老婆叫到一起,大骂她们都是无用的懒骨头。他拿主事的大老婆出气,命丫鬟扒掉她的裤子,按住她,姚开泰亲自动手,杖打了她一顿。然后,他又叫来六个妾,告知她们月钱减半。最后,他去了书房,在里面喝得大醉。管家说姚开泰已鼾声大作,属下便赶回来向狄相禀报。"

"有曼苏尔的消息吗?"狄公问。

"回禀狄相,还没有。他必定躲在城外,我们的人把大食番坊翻了个底朝天,衙役们也搜查了低等的客栈。"

"好吧,你退下吧。"

探子走后,乔泰忍不住大骂:

"那个姚开泰真是卑鄙小人!"

狄公颔首赞同,"绝非善人,但也是个精明人。显然他早就看出我会派人跟踪他。"他捋了捋胡子,突然问乔泰道:"倪船主的两个婢女现在可好?"

"哦,人无大碍,就是虎口脱险,受了点惊吓!"他坏笑道,"不过,我估摸着,现在这个时候,只怕她们不再是奴婢了,也不再是黄花大闺女喽!大人,属下好眼力,看出那倪船主已从旧相好被杀的惊愕中缓了过来,而且突然发现,经过这么多年,两人之间单纯情感上的牵连已然变淡了——就算他修炼密契,也无力挽回!如今他已是自由身,既然如此,不妨重新考虑一下他与两个年轻貌美的受保护者之间的关系,比如,不再是父女之情。更何况,这也正中那两个小娘们的下怀!"

听狄公打听双生女的情况,陶干不禁好奇地问道:

"狄大人,那两个姊妹与御史命案有关吗?"

"并无直接关联,"狄公回答道。

"既然没有直接关联,那两个女子如何会……"乔泰一愣,不解地问道。

狄公抬手截住他的话头，指了一下门口。管家领进来两名戎装的武将。两人头戴尖顶头盔，身披铜边甲胄，从装束上判断，他们是官府骑兵队的都尉。两个武将恭恭敬敬地地向狄公行礼，然后较为年长的武将从靴子里拿出一个封得严严实实的信封。他将信封放到书案上，毕恭毕敬地说道：

"此函是奉政事堂之命，由马队专门护送而来。"

狄公在收条上签字盖章，谢过都尉，并吩咐管家安排照料马队一行人的食宿。

他撕开信封，仔细阅读。信写得很长，狄公看得很慢，面色却愈发凝重，让两个亲随在一旁看得心焦。良久，他抬起头，一字一句地说道：

"坏消息。噩耗。圣上病情加重，御医担心圣上时日无多，恐龙驭宾天。皇后娘娘纠合外戚，以图摄政。如此一来，便以皇太后之位，独揽朝廷大权。政事堂坚持要公布刘御史失踪一事，即刻指派官员接替他的职位，否则大唐忠臣联盟将失去一个盟友。眼下形势紧迫，任何耽搁都将导致万劫不复。有鉴于此，政事堂命我放弃寻找刘御史，火速赶回京城。"

狄公将手里的信函扔到书案上，从椅子上跳将起来，一边踱步，一边愤怒地甩着袍袖。

乔泰和陶干愁眉苦脸地交换一下眼神，不知该说什么才好。

狄公突然在两人面前停下来。

"我们唯有一条路可走。"他斩钉截铁地说道，"虽然孤注一掷，但情势所迫，不得已而为之。"他回到椅子上坐下，手撑着书案，俯身前倾，继续说道，"陶干，去一个佛像雕刻工匠那儿，买个木头雕刻的男子人头。今晚就得把它钉在官衙的大门上面，钉在高处，这样从下面就看不出是假人头。人头下面贴一张官府布告。布告我现在就写。"

两名亲随听了，如坠云雾，满腹疑团。狄公却置之不理，蘸墨润笔，笔走龙蛇，一气呵成，拟就一份布告。搁下笔，他往椅背上一靠，朗声读道：

"政事堂宰相领大理寺卿狄仁杰，奉命巡察广州，发现尸首一具，经验明正身，乃京城某大臣，为朝廷悬赏之逆犯，附逆作乱未果，自长安逃窜此地。经查验，该逆犯系中毒而亡。依大唐律例，悬颅示众三日。毒此逆犯者，须主动现身，可于大理寺卿处领赏金五百金锭。若此人有罪案在身，除死罪外，余罪皆免。"

狄公将布告扔在书案上，接着说道：

"主犯自然不会中计。我是等着他的蜑民帮凶，比方说，那两个假扮衙役把御史尸体抬到华塔寺的男子。今晚挂出头颅，全城贴满布告，明日一早，极有可能就有人等不及主犯发出警告，便抢先跑来'领赏'。"

乔泰将信将疑，而陶干却点头附和：

"唯有此计方可尽快奏效！那主犯必有十几个同伙，而他们五百年也挣不到五百金锭！他们必定争先恐后而来，唯恐赏金落入他人口袋！"

狄公一脸疲惫道:"但愿如此。我已绞尽脑汁,才得出此计。罢了,开始行动吧!"

二十

一大清早,乔泰便被大食阿訇不绝于耳的诵经嗡嗡声吵醒。阿訇立在塔顶之上,召集信徒们做早祷。乔泰揉揉眼睛,昨晚腰酸背痛得厉害,睡得不好。手指轻轻地抚过肿胀的喉咙,他对自己说:"老兄,一次熬夜,加上小打小斗,对年已四十五的壮汉来说,都不算啥!"他赤裸着身子下了床,一把推开百叶窗。

乔泰拿起茶篮里的茶壶,对着壶嘴猛灌了一大口,漱漱口,之后又将温热的茶水吐到痰盂瓷罐里。咕咻一声,他又躺回到木板床上,想着睡个回笼觉再起床,然后更衣去黜陟使府也来得及。

正睡得迷糊,传来一阵敲门声。

"滚开!"他气恼得大叫。

"是我!快开门!"

乔泰听出那是朱穆鲁德的声音,心头一喜,忙起床套上裤子,拉开门闩。

她匆忙闪身进来,转身将门闩上。她身上披着蓝布兜帽斗篷,眼睛闪闪发亮。乔泰觉得她比以往任何时候都更加光彩照人。房间里只有一把椅子,他便把椅子拖给朱穆鲁德,自己则坐在床沿上。

"喝杯茶?"他局促得简直不知该说些什么。

她摇摇头,一脚踢开椅子,顾不上寒暄,便开门见山道:

"听我说,我的麻烦都解决了!你不用带我去京城了。只需带我去见你的上司。就现在!"

"见我上司?为何?"

"你的上司出了悬赏,一大笔钱!我听到渔民对我船上的人嚷嚷这事。他们在关津大门上看到了告示。我以前压根不知道,朝廷里面斗得你死我活,御史竟也被卷了进去,害得我一厢情愿地以为,他来广州单单就是为了我的缘故。不过那已经不重要了,现在要紧的是,我能拿到大笔赏金。瞧,我就是那个下毒害死他的人。"

"是你?"乔泰倒吸一口凉气,大叫,"怎么可能是你……"

"听我细细说来!"她抢过话头,"说给你听,是为了让你带我立刻去见你的上司。还要你为我美言几句。"她脱去蓝色斗篷,随手扔到地板上。里面只穿了一件透明丝质长裙,婀娜多姿的酮体一览无余。她接着说道：

"约莫一个半月之前，我和恩主在寺庙附近的屋子里过夜。第二天一早，我正要离开时，他说华塔寺有个庙会，让我回码头的路上，顺便去寺里帮他祈福。这个混蛋！可我还是遂了他的意，去了寺里，在观音娘娘像前焚香祷告。我突然发觉站在我旁边的一个男子一直在端详我。他个子高高的，模样英俊，衣服虽说普通，但举止看着像个当官的。他问我为何身为大食人，却要拜菩萨。我回答说，对一个姑娘家来说，保佑的神明自然越多越好喽。他听了大笑，便和我攀谈起来。一见到他，我就知道，这是我等了一辈子的人。他对我敬重有加！我像个没见过世面的黄毛丫头，对他一见钟情！我能感觉到他也中意于我，于是就邀请他到屋子里喝茶。你知道的，屋子就在寺庙后门旁，我知道恩主已经离开屋子了。进屋后发生什么事，我不说你也应该明白。事后，他说他尚未成家，以前从未跟女子上过床。他说，那些都无妨，毕竟他现在有了我。他又说了好多这样的情话，还说他是朝廷的御史！我告诉他自己的烦心事，他一口答应帮我入大唐户籍，还说替我赎身。几天后，他要离开广州，但说会回来带我一起去京城。"

她轻轻拍了拍青丝秀发，如梦如痴地微笑着，继续说下去：

"知道吗？我和他共度的那些日日夜夜，是我这辈子最幸福的时光！想不到吧，我这样一个不知跟多少男子睡过的人，竟然也和情窦初开的少女一样，争风吃醋起来！一听说他要回京城，我就无理取闹，大发脾气。我真是蠢啊，亲手毁了这桩好事！"

她停下来，用袖口擦拭额上的汗珠，一把抓过茶壶，直接对着壶嘴喝起来。接着，她垂头丧气地说道："你肯定知道，我们水户家家都备有各种奇奇怪怪的药物，有助兴的春药，有治病的良药，还有能致死的毒药。药方在蛋民女子中代代相传，传女不传男。我们有一种特殊的毒药，专门对付那些负心汉。他们总是借口要出远门，结果便一去不回。如果男子果真回来了，便给他服解药，而他始终蒙在鼓里，毫不知情。我问御史何时能回广州来接我，他说半月左右，绝不食言。最后一次相会时，我在他茶里下了毒。我控制了剂量，若能在二十天内服解药，便会无碍。若他辜负了我，我就要他拿命来偿还。

"十多日过去了，又过去几日。到了二十日的时候，日日难熬……我茶不思饭不想，那些夜里……二十日过了之后，我整日神情恍惚，呆呆地数着日子……第五日，他来了，到船上来找我，一大早就来了。说他在京城被紧要事务给绊住了，因而耽搁了几日。两日前隐姓埋名到的广州，只带了苏主事一人随同。他迟迟未来见我，是他先得去见几个大食故人的缘故。还有一个原因是，他感觉身体不适，想先稍事歇息，没承想病情始终未见好转，反而恶化。即便病重，他仍然强撑着过来看我，也许有我在身边陪伴，他就能好起来。我一听立马慌了神，当时解药没有带在身上，我把药藏在寺庙旁边的屋子里了。我马上哄他和我去那儿。一到屋子，他就昏了过去。我把解药从他喉咙里灌下去，可是已经来不及了。过了一刻时，他就死了。"

她咬着嘴唇，失神地呆望着屋外的房顶。乔泰听得心惊肉

跳,脸色煞白。他抬头望着她,却说不出话来。少顷,朱穆鲁德又慢慢说道:

"恩主没在屋里雇丫鬟,故而当时屋子里没有旁的人可以求救。我跑去找他,告诉他发生的事情。他只是笑笑,说他来处理后面的事情。那个混蛋知道我有把柄落他手里,我,一个水户贱民,谋杀了朝廷御史,以后便得任由他摆布了。他若是去官府告发我,我必定得被大卸八块!我对他说,若御史那日晚上没有回到他们住的客栈,苏主事定会担心起疑。恩主问,苏主事可知晓我和御史之间的事情。我回答说不知道,于是他说由他来处理,保证苏主事不会惹出麻烦。"

她深吸一口气,瞄了乔泰一眼,接着说:

"倘若你能带我去京城,我就能让恩主闭上他的嘴。一来他在京城无权无势,二来你是羽林军都尉。他若出卖我,你能把我藏在他们找不到的地方。不过现在没事了。你的上司发告示说御史是逆犯。这就是说,我非但无罪,还替朝廷立了大功。我要对狄相说,我愿意给他一半赏金,让他帮我入大唐户籍,再替我在长安寻一处小宅子。快穿衣服,带我去见他!"

乔泰惊恐万分。他看着眼前的这个女子,她刚刚为自己宣判了死罪。朱穆鲁德背对着窗口,窗外朝霞满天,霞光映衬出她风姿绰约的玉体。凝视着眼前的这一幕,乔泰脑海里却闪现出骇人的另一幕:拂晓时分,阴森森的法场,行刑手的铡刀,曼妙的肢体七零八落,血肉模糊……想到这,他魁梧的身躯颤抖个不停。他慢腾腾站起身,面对这个被喜悦冲昏头脑的女子,他穷思竭虑，要找个法子去救她，总有个法子可以……

陡然间，她大叫一声，跌入他的怀中，乔泰猝不及防，差点摔倒在地。搂着她酥软的腰肢，他不禁俯身亲吻那丰满的红唇。但他发现，她的一双美目渐渐失去神采，嘴角抽搐，流出血来。与此同时，他感觉到汨汨热血正滴落在他搂在后腰的手上。慌乱之中，手碰到她的肩膀，手指摸到一个木柄。

他呆立在那里，女子奄奄一息，丰满的乳房紧贴在他的胸膛上，大腿仍带着一丝热气紧贴着他。她的心在怦怦乱跳，上次在船上搂着她时也是跳得如此狂乱。渐渐地，她的心脏停止了跳动。

把她放到榻上，拔出背后的标枪，轻轻合上她的双眼，擦净她脸上的血迹，乔泰茫然地做着这一切。他怔怔地盯着屋外大食人房子的平屋顶。她刚才就站在窗口，正好成了标枪高手的靶子。

他蓦然醒悟过来，身边的尸体是他此生唯一用情的女子，是曾让他倾注所有感情的女子。他不由跪在榻前，将脸埋在她长长的卷发之中，无声地抽泣起来。

良久，他站起身，取过她的蓝色斗篷，将她盖好。

"你我相遇一场，终是生离死别。"他喃喃低语，"第一次见到你，恍然之间我就曾看到过死亡的阴影。那时，我看到了沙场，闻到了血腥味，看见血流成河……"

他深深地看了一眼安详的尸体，然后锁上门下楼。清晨，灰蒙蒙的街面上行人稀少，他一路步行来到黜陟使府。

管家告诉他狄公仍在睡房。乔泰上楼,在前厅的榻上坐下。狄公已听到他的动静,便拉开了门帘。狄公没戴帽子,仍穿着寝衣。他手握一把梳子,刚才正在梳理胡髭。瞧见乔泰满脸憔悴,他心里一惊,遂赶忙上前关切地问道:

"老天哪,乔泰,出什么事了?别动,坐着别起来!你的脸色甚是难看!"

他在榻椅的另一头坐下,忧心忡忡地端详着自己的亲随。

乔泰直勾勾地看着前方,把朱穆鲁德的事情照实说给狄公听。说罢,他转过头看着狄公的脸,用生无可恋的语调说:"大人啊,这一路上我都想通了。不是她死,就是我亡。倘若刺客没有杀死她,我迟早也会杀了她。她得为刘御史偿命,一命抵一命,她懂得杀人偿命的道理。她生下来就懂,我也是。所以我也会自取性命。可现在,我还活着。大人,等案子结了,恳请相爷放我离开。我想去北方参军,去边境与突厥人作战。"

沉默良久,狄公轻轻说道:

"我从未见过她,但我能想象得到她是个什么样的女子。她死的那个时刻是欢喜的,因为她满怀念想,美梦即将成真。乔泰,其实,在她被害之前,她已经死了。她余生唯有那一个念想,而人要靠许多念想支撑才能活下去。"

他抚平长袍,举目凝思:"乔泰,你现在的心情,我感同身受。四年前,在北州,我当时在破铁针案,同样的情况也发生在我身上。凶手替你杀死了朱穆鲁德,而我那时也要做了同样的决定。她救了我的性命,也挽救了我的仕途。"

"狄相,她被处死了吗?"乔泰紧张地问道。

"没有。她不想让我为难。她自尽了。"狄公慢慢地捋着胡子,接着又道,"当时,我想抛下一切,退隐江湖,这个世道突然变得晦暗无光,毫无生机,死气沉沉。"他顿了顿,遽然抓住乔泰的胳膊。"无人相助,无人相劝,得由你自己决定何去何从。乔泰,记住,无论你做任何抉择,都无碍你我袍泽之情、金石之交。"

言毕,他起身,凄然一笑:"我得梳洗去了,要不然,看着像个叫花子!你去吩咐我那四个手下,叫他们速去朱穆鲁德的花船,审问船上的人,拘捕她的使唤丫鬟,那可是恩主的眼线。我们需要知道她恩主的身份。然后,你带上十几个衙役,回到五仙客栈,把尸首运来,一切如往常一般,追查真凶。"

说罢,他转身到门帘后面去了。

乔泰也起身下楼。

二十一

狄公刚坐下用早饭,陶干就来了。他请了早安,便迫不及待地问是否有人来领赏钱。狄公摇了摇头,示意他坐下。他埋头自顾自喝粥,喝完粥,放下筷子,往后一靠,双手交叉拢在宽袖里,这才将虚假告示所带来的意想不到的后果,细细向陶干道来。

"御史回广州,竟是为了红颜知己!"陶干惊呼。

"不完全是。另一个目的是要查办曼苏尔的煽动叛乱阴谋,他明确告诉过朱穆鲁德,他要去见此地的大食人。"

"狄相,属下不明白,他为何要单独行动,还守口如瓶?第一次从广州回京城后,为何不呈报政事堂,并且……"

"陶干，御史不解风情，却深谙治国理政之道。他疑心朝堂的敌对势力是大食叛乱的幕后黑手。有鉴于此，在尚未取得确凿证据之前，不敢泄露天机。毕竟，他的对手位高权重，三省六部内均安插有耳目。政事堂的机密行动，他们也了如指掌。御史重返广州，是想拿到铁证，不料竟被佳人所害。"

"狄相，御史乃翩翩才子，正人君子，怎会被一个粗野的外番舞姬迷得五眉三道的？"

"这个嘛，两个原因。一来，她与京城那些名门淑女迥然不同，御史未曾见过如此天性率真、毫不矫揉造作的女子。而且，想必她也是御史见过的第一个大食女子。京城不比广州，难得一见大食男子，遑论大食女子。我揣度，首先是这份新奇感吸引了御史。再者，朱穆鲁德千娇百媚，风情万种，激起御史压抑已久的情感。激情一旦点燃，便可逾越各种障碍，置种族、门第、教养于不顾，三纲五常均可抛之脑后。陶干，你可知，乔泰也喜爱这个女子，你最好别在他面前提起她，这场惨祸给他的打击已经够大了。"

陶干恍然大悟，频频点头，颇有感触地说：

"乔兄弟但凡沾上女子，必有霉运。狄相，依你看，凶手会是何人？"

"乔泰以为是曼苏尔。他说，曼苏尔也喜欢朱穆鲁德，而且，在曼苏尔家的晚宴上，她初次见到乔泰，便表现出好感，这令曼苏尔大为恼火，醋意大发。她去乔泰的客栈，曼苏尔可能在后面一路尾随，然后爬到后面房子的屋顶偷看。看见孤男寡女共处一室，衣衫单薄，断定两人是在幽会，因而妒心大发，杀她泄愤。这个说法听上去有道理，但并不足以令人信服。"

狄公呷口茶，继续说道：

"不论是何缘由，这个惨祸暂且搁在一旁，当务之急是要挖出她背后的恩主。此人千方百计让御史深陷大食叛乱阴谋，极力掩盖御史死亡的消息，还与苏主事和鲍夫人的死脱不了干系。我们必须完成刘御史的未竟之事：取得确凿证据，揭开对手的假面具，揪出朝堂之上的无耻逆贼。就是这些逆贼买通了朱穆鲁德的恩主，如此一来，唯有他才能交代出那些贼人的身份。我们无法阻止御史被害，但可以阻止他们从卑鄙罪行中获益，此乃义不容辞之事。他们已经开始行动了，政事堂密函里的坏消息已证实了这一点。在我今日返京之前，必须找到此人。我那些手下现在正在审问朱穆鲁德的丫鬟和船上的人，这些都是常规手段，问不出有价值的消息。那个阴险的家伙早做好防备，没人知晓他的真实身份。"

"狄大人，这么说来，下一步该如何行事？"陶干心急如焚。

狄公回答道："自乔泰走后，我把这两日发生的事情梳理了一下，将已知的事实，按来龙去脉，合理关联起来，现在已有了些眉目。我将按照这个结论采取行动，就在今日上午。"他仰头饮干茶水，徐徐捋着胡子说道：

"我们手里掌握了一些有关舞姬恩主身份的线索。从这些线索来看，恩主的身份有几种可能，都相当有趣。"

他把桌上的一张便笺递给陶干。"我把线索一一列出，你逐条记下，稍后我解释结论时会用得到。

"听好。首先，我们要找的这个人肯定在广州权尊势重，否则御史在朝中的对手不会选中他做奸细。那些逆贼狡诈得很，断不会选个普通的混混，谁出的价高，便出卖主子。其二，此人与逆贼一拍即合，野心勃勃，有所图谋，甘愿押上地位和性命。逆贼想必许诺他高官厚禄，甚至是朝廷要职作为回报。其三，此人必有亲戚朋友在京城。岭南素来山高皇帝远，朝廷鲜少过问，必定是京城有人举荐了他。其四，此人肯定住在黜陟使府，或者与府里的事务往来密切，否则他不可能掌握我们走的每一步棋。从这一点来推断，我们可以将怀疑的范围缩小，主要是我们在此地经常接触的人。其五，此人与下层各色人等过从甚密。事实证明，他雇佣大食恶徒和蜑民刺客行凶。陶干，切记，他是通过帮凶来维持这些关系，比方说，曼苏尔。我稍后再谈这一点。其六，此人一心想要乔泰的性命，必有特殊的原因。而且，他痛恨倪船主，因为他意图栽赃陷害倪船主谋杀乔泰。其七，他嗜玩蟋蟀。其八，他与盲女关系密切。当他发觉盲女对他行不利之事时，便两次想置盲女于死地。而盲女从自己的利益出发，想暗地里协助我们，但却无法公开告发他。记下这个问题：他们是父女，抑或是相好？其九，显然，他是朱穆鲁德的情人和恩主。都记下了？"

"记下了。"陶干仔细读过所记内容，说道，"狄公，是否加上一条，他没有官职？因为朱穆鲁德曾告诉过乔泰，她的恩主腰缠万贯，却没有一官半职，所以无法替她入大唐户籍。"

"不，陶干，未必如此。第一条里说，他在此地权尊势重，意味着他必定是隐瞒了身份才与她相会。汉人宴席是不会邀请大食舞姬助兴的，故而他只有在她的花船上才能与她相识，并一直对她隐瞒真实的身份。他毫不担心身份暴露，因为身为蜑民，她不可能出现在公开场合。"陶干闻言点头，狄公继续说道："黜陟使是名单上的头号疑犯。表面上看，他忠心耿耿，勤勉奉公，略有点小题大做，但或许他做戏功夫了得。他在长安城里广结人缘，当御史的对手想方设法在远离京城的地方谋害御史时，自然会有人把他举荐上去。这就与第四条相吻合。至于他的动机，他应是被野心迷了心窍，那些人可能许诺京都府尹一职，这是他梦寐以求的职位。他买通曼苏尔作为中间人，与大食人打交道。"

陶干抬头惊呼：

"狄大人，黜陟使怎能纵容曼苏尔抢劫广州的阴谋呢？发生这样的暴乱，必定会断送他的仕途前程，他在朝廷里再大的靠山也帮不了他！"

"他自然不会让阴谋得逞。他只需利用这一点来除掉御史。一旦目的达到，下一步他必将灭口曼苏尔。最简单的方法便是指控曼苏尔叛乱，然后将其绳之以法。即便曼苏尔在大堂上供出黜陟使，谁会相信一个十恶不赦的大食案犯？又有谁相信黜陟使会唆使人抢劫自己管辖的广州城？倘若黜陟使确是我们要找的人，他就是那个散布大食阴谋谣言的人，而他或许是利用第二个中间人来散布谣言的，此人应是汉人，替他与底层市井沆瀣一气。黜陟使之所以想除掉乔泰，原因很简单，乔泰与朱穆鲁德私会过，乔泰在上她的花船之前，曾经过蛋民的船只，其中必定有蛋民眼线。黜陟使把乔泰视为情敌，故对他怀恨在心；同时又担心朱穆鲁德不守青楼规矩——青楼女子谈论恩客为大忌——透露一些蛛丝马迹给乔泰，从而可以追查到他的真实身份。说到黜陟使对倪船主恨之入骨，我也有个颇为可信的理由。我可以轻而易举地加以证实，但我想先不去追究。第七条，我们都知道黜陟使嗜好蟋蟀。而第八条，我早就告诉过你，我有充分理由相信，他认识那个盲女。陶干，在这一条加个疑问：她是不是黜陟使的私生女？现在，来看最后一条：他像不像是朱穆鲁德的相好？众所周知，他内宅和睦，但会不会和刘御史一样，他也挡不住新奇的诱惑呢？况且我有理由相信，他不反感外番女子。确切地说，他不介意她是个贱民，因为他是北方人。只有土生土长的广州人才会厌恶水户贱民。最后，御史似乎并不信任他。"

陶干放下手中的毛笔。

他想了想，说道："如此看来，我们已有充足的理由怀疑黜陟使，可如何找到证据呢？"

"切勿仓促！除了黜陟使，还有其他有嫌疑的人。比方说，鲍都督？此人始终心绪不宁，惶惶不可终日，一来因为黜陟使严厉苛刻；二来，他疑心自己的美眷与倪船主私下里暧昧往来。官场、情场都不如意，他也有可能去包养朱穆鲁德，从那女子不屑的描述来看，恩主可能是个上了年纪的人。他是山东人，因此对她的水户贱民地位没有偏见。御史的朝中对手可能允诺，许他京城的高官厚禄，他便一时贪迷，误入歧途，妄想有朝一日飞黄腾达，便可报复黜陟使，出了心中的恶气，同时了却朱穆鲁德入汉籍的心愿。作为走科举仕途的人，鲍都督免不了在京城有同乡同党，或许有人将其举荐给了朝廷朋党。还有，他与我们的走动也很频繁。他自己不赏玩蟋蟀，但他的夫人认识盲女，也许私下里关系更密切。盲女对鲍都督起了疑心，但碍于鲍夫人的情面，她不想出来告发。鲍都督自然对倪船主恨得咬牙切齿，也恨乔泰，原因与我们假设黜陟使同出一辙。"

狄公停下，喝完杯中的茶润润喉咙。陶干为他续满杯，他便继续分析道：

"假使鲍都督是我们要找的人，我就得推翻鲍夫人是误杀的结论。两个大食刺客一时失手，未能在倪宅除掉乔泰，鲍都督大为光火。当天下午，他又派蜑民杀手前去姚开泰别院，杀死通奸的鲍夫人和倪船主。鲍夫人确实是被勒死了，但倪船主并未露面。你可能留意到，鲍都督昨日在议事时曾收到过一张便条？上面传递的消息可能就是倪宅行动失败的消息。"

陶干将信将疑，思忖了片刻，他说：

"大人，若是如此，鲍都督手下必定有个规模庞大、办事得力的秘密组织。"

"他怎能没有？堂堂都督的身份，提供他各种便利，既可暗中勾结曼苏尔，又可豢养蜑民打手爪牙。最后一点，他和黜陟使均是读书人，历练丰富，心智成熟，完全有能力精心组织策划阴谋，并支配曼苏尔这样的爪牙去实施计划，而自己则躲在幕后操纵。

"我们的第三个怀疑对象也具有学识、经验和能力，那就是梁福。你看，梁福完全吻合朱穆鲁德对恩主的描述：一介布衣，财大气粗。他常去华塔寺找方丈下棋，此举可能只是个幌子，其实他是去寺庙后面的房子里与朱穆鲁德私会。这些并不重要，我待会儿再做解释。至于梁福的动机，不可否认，他在广州城门庭赫奕，富甲一方，但终究只是坐贾行商，难免受人轻视，故而心生不满，渴求谋得一份京城要职，与其先父一样，做个威名赫赫的大将军。他是广州本地人，通晓大食事务，因而秘密勾结曼苏尔对他来说，易如反掌。我先前在分析黜陟使情况时说过，曼苏尔最终会被抛出，成为替罪羊，而煞费苦心引我们留意曼苏尔阴谋的，正是梁福。他不宠玩蟋蟀，与盲女没有关联，这两点我稍后会推翻，但下面这一点却很难说得通。梁福出身名门，乃广州缙绅，种族偏见根深蒂固，绝无可能让他纡尊降贵，与具有贱民血统的大食舞姬苟合。若想弄明白这一点，我们就得和分析黜陟使一样，假设他有两个爪牙：曼苏尔和一个汉人。这个汉人必定是熟知大食事务的姚开泰。如此一来，所有的线索都指向姚开泰。

"姚开泰不会是主犯。他白手起家，在本地小有名气，但在京城没有人脉，没人会把他举荐给朝廷逆贼。况且，他虽然精于经商，但缺乏谋略，没有能力策划错综复杂的政治阴谋。然而，他生性好色，荒淫无度，在猎奇求异癖好的驱使下，亦可抛却对贱民的偏见。同样，姚开泰符合朱穆鲁德对恩主的描述。他恨透了乔泰与朱穆鲁德私会，也恨透了倪船主，因为倪在自己的别院里与鲍夫人相会,而鲍夫人美貌贤淑,温文尔雅,名门闺秀,是姚开泰这只癞蛤蟆永远也吃不到的天鹅肉。他对盲女也垂涎三尺,但一旦察觉盲女在追查他,并有可能告发他和主子梁福时,便起了歹意,派人灭口。在自家的别院里杀人未曾得手,便派蜑民杀手在科场再次对盲女下毒手。只有了解她的人,才知道那里是她通常的藏身之地。"

陶干用瘦长的手指慢慢捻弄着左颊上的三根长毛。

"姚开泰确实像朱穆鲁德的恩主。"他说。

狄公点头,接着说道:

"最后,我回过头来说说今日早上的命案。曼苏尔已藏匿起来,不敢抛头露面,更不敢亲自去跟踪监视朱穆鲁德。据我估计,应该是她的恩主或者恩主的爪牙派了标枪高手,将其杀害,以免她泄露了他的身份。出于自身的安全着想,不得已,只好忍痛割爱。

"下面,我要说的是这些推论得出的结果。根据我们目前掌握的证据,我们无法对黜陟使、鲍都督或梁福采取行动,因为从表面看,他们之中没有谁与这些罪行有关联。因此,不管谁是真正的老虎,我们必须先从其爪牙入手,敲山震虎。曼苏尔逃了,但我们还有姚开泰。我马上派人缉捕他,以涉嫌谋杀鲍夫人的罪名。派我的四个手下去,秘密缉捕。我假意派你和乔泰外出办差,引开密切注视我们行动的罪犯。一旦姚开泰被关入大牢,我便下令查抄他的宅子,还要……"

话音未落,门突然被撞开了,乔泰气喘吁吁地闯了进来。

"她的尸体不见了!"他大声嚷嚷道。

狄公腾地坐直了身体。

"不见了?"他疑惑不解。

"大人,她不见了。门一开,里面的床上没人。床和窗口的地板上,滴落了一些血迹,窗台上还有一大块血污。肯定有人从窗户翻进来搬走了尸体,从屋顶上去了大食番坊。我们挨家挨户地盘问,没人听到动静,也没人发现有什么异样。这是……"

"她的丫鬟和她花船上的人呢?"狄公打断了乔泰。"他们知道恩主是什么人吗?"

"回大人,那个丫鬟的尸体被人发现在江水里漂着,是被勒死的。船上几乎很少有人见过她的恩主,因为他总是在夜间进出,而且每次都用围巾遮面。这只奸诈的老狐狸,他们……"他气得哽咽,一时说不出话来。

狄公往后一靠,喃喃说道:"太不可思议了!"

乔泰扑通一声坐下,狠狠地用衣袖抹擦汗津津的面孔。陶干深深地看了他一眼,心中似有千言万语,却不知如何开口。他瞅了瞅狄公,见狄公没说话,便给乔泰倒了一杯茶。他的兄弟一饮而尽,呆呆地坐着,两眼发直。室内静寂无声,令人隐隐不安。

过了好一会儿,狄公起身绕过书案,在房内踱步,浓眉紧蹙。

陶干焦急地看着狄公,每次走过他身边,他便期待地看着狄公。然而,狄公仿佛完全忘记了两名亲随的存在。终于,他在离他最近的一扇窗前停下脚步,双手背后,临窗而望。窗外的府院在烈日下被炙烤着。陶干悄悄拽了拽乔泰的袖子，小声地告诉他即将拘捕姚开泰。乔泰心不在焉地点点头。

狄公遽然转身，走到两人面前，急促地说道：

"盗走尸体是这个罪人犯下的第一个错误，但也是致命的错误。现在我想通了他为何性格扭曲。我方才的推论，部分是正确的，但我忽略了一个关键点。此刻，我已看清了这里发生的事情。我要马上去见那个人，揭露他犯下的滔天大罪，质问他幕后的主使！"他顿了顿，皱起眉头，说："我尚且不能当场拘捕他，他心思缜密，冥顽不化，宁可自尽，也不会供出我急需的信息。此外，他身边也有心腹，我得小心行事，做好准备。陶干，你同我一起去。乔泰，你去叫我的四个手下，再把黜陟使府里的衙役班头一起叫来。"

二十二

狄公的轿夫领班敲了好一阵子,才把梁府大门敲开。弯腰弓背的老管家从门后出来,一副睡眼惺忪的样子。抬眼一见面前的两名访客,他顿时慌了神。

"速去通报你家主人,"狄公和颜悦色道,"告诉他,本相只是小坐片刻,找他聊聊。"

管家将狄公和陶干带至内厅,请他们坐在一张宽大的雕花乌木长榻上,然后拖着脚步退下。

狄公捋着长须美髯,默默地注视着彩色巨幅壁画。陶干坐立不安,时而瞅瞅狄公,时而瞄瞄门口。

管家回来了,比狄公预想得要快一些。"这边有请!"他气喘吁吁。

管家领着他们穿过西院回廊，来到一座似乎无人居住的侧院。经过几进庭院，里面都空无人影，只有铺路石板在日头炙烤下熠熠发光。到了第三进庭院，老管家走进一条幽暗阴凉的走廊。走廊通往一道宽大的木楼梯，木头年代久远，已然发黑。

爬上一层楼梯，老管家歇了片刻，缓口气，接着又领着两人爬了两层，楼梯越往上越窄。最后，三人来到一个宽敞的楼梯口。一阵微风从高高的窗格里吹进来。原来他们是在一座塔楼的顶楼。地板上没有铺地毯，仅有一张茶几和两把高背椅。房间后的墙上开有双扇门，门框上方高挂一个先帝御赐的匾额，上面镌刻着四个苍劲有力的大字："梁家祠堂。"

"我家主人在里面恭候大驾。"管家说着，推开了门。

陶干正要坐在茶几旁，狄公打个手势，示意他待在原地，然后走进门去。

一进门，一股浓郁的天竺梵香扑鼻而来。香气来自一个巨大的铜制香炉，香炉摆放在堂后高高的香案上。祠堂里点着两盏烛台，光线晦暗不明。香案下方，放着一张古香古色的供桌，上面放着供品。梁福坐在供桌前的一张矮桌旁，身上穿着墨绿色织锦缎长袍，头戴儒巾。

他赶忙起身恭迎狄公。

"失礼，失礼，劳狄相大驾，爬了这么多楼梯！"他满脸堆笑，态度恭谨。

"不必多礼！"狄公一笑置之。瞻仰着对面墙上真人般大小的

狄公智斗梁福（高罗佩 绘）

梁将军戎装画像,他说道:"打搅了先将军的家祭,实在抱歉。"

梁福不动声色地说道:"随时恭候狄相大驾光临。想必先父也不觉叨扰。先父在世时,向来以国事为重,家事次之。身为后辈,谨遵家训!快请坐!"

他将客人引到桌子右边的椅子上。桌子上摆着一个大棋盘,剩有黑白棋子各数枚,看似一盘残局。棋盘旁放着两个铜钵,分别盛放着黑白棋子。看来梁福方才一直在对着残局苦思冥想。狄公坐下,掸了掸长袍,然后开口说道:

"梁先生,刚刚发生了几件事情,本相想与你聊聊。"等到宅子主人在桌子对面坐定,他才又说道:"尤其是关于女尸被盗之事。"

梁福眉毛一挑。

"为何偷盗如此奇怪的东西!愿闻其详!来,先请喝杯茶!"

他站起身,走到屋角的茶几前。

狄公迅速环顾四周。烛光摇曳,照着供桌上的祭品,供桌上铺着绣花锦缎桌布。供桌中央放着金碗,里面盛满年糕和水果,两端摆着插有鲜花的精致古董花瓶。供桌的上方是一个壁龛,常年供着祖宗的牌位,用一道大红帘子遮着。尽管梵香气味浓郁,仍盖不住外国香料的怪味,那味道似乎是从大红帘子后面散发出来的。狄公仰头一看,屋顶很高,香雾氤氲,绕梁不散,长年累月,椽子已然熏得发黑。地上光秃秃的,铺着的宽木板,已被磨得暗黑发亮。他陡然起身,将椅子拖到桌子的左边,对走过来的梁福随意说道:

"若不介意，我就坐这边吧。蜡烛光照得我晃眼。"

"悉听尊便！"梁福拉过自己的椅子，坐在狄公对面。他道："坐在此处看先父遗像，可以看得更清楚些。"

梁福往两个小巧蓝瓷茶杯里倒茶，狄公则目不转睛在一旁看着。他将一杯放在狄公面前，另一杯捧在自己手里。从他瘦长的指缝间，狄公目光锐利，见杯子光滑的釉面上有一道细裂缝。梁福看着画像，感慨万千：

"画得栩栩如生。必定出自一位丹青妙手。狄相请看，即便细微之处，仍是笔精墨妙！"

放下茶杯，他起身走到画像前，背对着狄公，他手指着横放在将军膝上那把宝剑的细节部分。

狄公迅速调换了两人的茶杯。他将换过来的那杯茶泼进棋钵里，然后起身，手里拿着空杯子，走到主人身旁。

"不知那把宝剑是否仍在府上？"他问。见梁福点头，他又说："本相也有一把祖传名剑，名曰'雨龙'。"

"雨龙？好生奇怪的名字！"

"改日有闲暇，再告诉你它的来历。梁先生，本相还想再喝一杯茶。"

"请便，请便！"

两人再次坐下，梁福为狄公斟满了茶杯，然后喝完自己那杯茶。瘦削的双手拢在衣袖里，他笑着说道：

"现在可以聊聊偷盗尸体之事了吧！"

狄公语出轻快地说道："讲这件事之前，本相先简单说明一下。"梁福急忙点头，狄公从衣袖里掏出扇子，往椅内一靠，徐徐摇起了扇子。然后，他才不慌不忙地开口说道：

"两日前，本相抵达广州，追查失踪的刘御史，手中唯一掌握的线索就是，他与此地的大食人有千丝万缕的关系。在追查过程中，本相发现，有个对手不仅对我此行的目的一清二楚，而且还在监视我们的一举一动。本官在发现御史被蜑民毒药毒死之后，做出大胆推测，御史的朝中政敌在广州物色了一个中间人，设局诱骗御史来到广州，借大食恶徒之手，将其杀害。不过，本相也发现，还有人在试图挫败这起阴谋。案情愈发扑朔迷离：大食恶徒与蜑民杀手逍遥法外，为所欲为；一个盲女来路不明，神出鬼没。直到今日早晨，本相终于取得关键线索。舞姬朱穆鲁德告诉乔泰，是她下药毒死了御史，并在情急之下，将此事的来龙去脉都告诉了她的恩主。她一直恪守青楼规矩，未透露恩客名字。本相怀疑，恩主可能会是黜陟使，或是鲍都督，还曾想到过是你，但都理不出头绪。"

他"啪"的一声合上扇子，塞进衣袖。梁福看上去听得津津有味，其实兴味索然。狄公坐直身子，接着说道：

"于是本相用了另一种方法，在脑海里拼起对手的形象。这时，本相悟出来。他的行事方式像极了棋手的思路：躲在幕后，操纵棋子在棋盘上厮杀，自己坐享其成。本相以及两名亲随也是他手中的棋子，成为这棋局的一部分。悟出这一点之后，本相豁然开朗，走出案情迷津。一旦识破罪犯的思路，案子也就破了一半了。"

"言之有理！"

"这就令本相重新对你起了疑心，你这个棋坛高手。"狄公侃侃而谈，"你头脑精明，善于布局谋篇，调兵遣将，自然有能力策划错综复杂的阴谋，并付诸实施。你的动机也不难想到，令尊威名显赫，而你却无法承其衣钵，这让你灰心丧气。不过话说回来，你绝不可能钟情于一个贱民身世的大食舞姬。本官由此断定，你若是疑犯，那么你的心腹之一便是舞姬的恩主。姚开泰是最适合的人选。本相正欲派人拘捕他，恰在当时，得知舞姬尸体被盗，本相便直奔你而来。"

"为何来找我？"梁福不动声色。

"得到消息，本相想到了许多事情，想到了舞姬、蜑民，还有他们原始的情欲。突然，一个可怜的汉人妓女偶然说的话跳入了本相的脑海，此女曾被卖给蜑民为奴。她说，在一次蜑民酒席上，有人喝得烂醉，向她吹嘘说，大约八十年前，一位大唐显贵私下娶了一名蜑民女子，他们生的儿子后来成了一名威震四方的将军。电光火石之间，本相立即想到了'南海王'奇特的容貌。"他指着挂在墙上的画像。"瞧见没？高颧，塌鼻，低眉。他的水兵将士都亲切地称他'老猴脸'。"

梁福听到此处，缓缓点了点头。

"看来狄相已挖出我们小心守护的家族秘密了！的确，梁某的先祖母为蜑民。先祖父娶她为妻，已是犯下大罪！"他狞笑着，眼里闪着凶光。"谁能料到，威武大将军身上竟流着水户贱民的血！一世英名，便被玷污，遭人唾弃！"

狄公不去理会他的冷嘲热讽,继续说下去:

"后来,本相意识到推断所借用的棋类不妥当。本相借用的是大唐棋法:或是围棋,所有的棋子都具有同等的价值;或是军棋,两军对阵,各司主帅。本相突然明白,本该想到天竺棋法,王与王后是两个最重要的棋子。而你所下的这场棋局中,你所谋求的赌注,不是京城里的高官厚禄,而是对王后的占有。"

"精辟!"梁福的脸上浮现一丝苦笑,"敢问这盘棋已走到哪一步了?"

"终局。王已输了,因为王后死了。"

"没错,她死了。"梁福很平静。"可她现在像个王后一样躺着。一个真正的王后。她的灵魂此刻执掌这些祭祀,正被丰盛的供品和鲜花包围。看,她笑靥如花……"他腾地站起来,一把扯开供桌上的帘子。

狄公被眼前骇人的景象震住了,不由倒吸一口凉气。在梁家神圣的祠堂里,在先将军画像的对面,在摆放梁家先祖牌位的壁龛里,朱穆鲁德赤裸的酮体横放在金漆祭坛顶上。她仰面平卧,双手置于脑后,丰满的嘴唇上带着一丝嘲讽的微笑。

"尸体只稍做处理,"梁福轻描淡写地说道,随手拉上了帘子。"今晚还得继续处理。这么热的天,事不宜迟。"

他回到座位上。狄公此刻已从震惊中缓了过来,他冷冷问道:

"你我一步一步复盘这棋局,如何?"

"乐意奉陪,"梁福正色答道,"分析棋局,梁某素来乐此不疲。"

"就从赌注是朱穆鲁德说起。你买下她,霸占了她的身体。仅此而已。你以为你还能赢得她的心,只要替她达成她唯一的念想,那就是摆脱贱民身份,入大唐户籍。只有朝堂上的高官才有能力做到这一点,于是你立志要得到官位。此事迫在眉睫,因为你害怕会失去她,不然的话,她迟早会喜欢上别人,或者会委身于能帮她入籍的人。曼苏尔看上了她。显然,她对曼苏尔无意,可你担心夜长梦多,担心她身上的大食血统会占了上风,于是你决定除掉曼苏尔。后来,你从京城的朋友那里得知,一个与皇后及其朋党关系密切的朝廷要员正在物色人选毁掉刘御史,并许诺事成之后,重重有赏。机不可失!你立即着手策划阴谋,精心谋划每一步棋,以达到赢得王后的目的。你给朝中的那人献上一条妙计。你……"

梁福恼羞成怒,打断了狄公,道:"无须拐弯抹角!那人姓王,是宫里的太监总管。中间有人为我们传信,此人是个酒商,为朝廷承办采购事宜,家境殷实。"

狄公脸色变得煞白。圣上病入膏肓,皇后纵情酒色,宦官黄犬当道……他恍然大悟,看出背后的诡计。

"猜出他许我的官位了?就是你的职位!有皇后娘娘提携,我还会飞黄腾达!先父是'南海王',我将是'中原王'!"

"果真如此。"狄公身心俱疲。"你建议——这个建议得到朝中某人的默许——以大食人在策动暴乱为诱饵,将御史诱骗至广州。你利用曼苏尔的图谋不轨,在一旁煽风点火,以便让御史确实在广州发现有人蠢蠢欲动的迹象。接下来，你指使人杀害了御史，并嫁祸曼苏尔。在严刑逼问之下，曼苏尔一定会招供，说御史是暴乱的主谋。一箭数雕！曼苏尔被灭口；御史身败名裂，命丧黄泉；而你则偕朱穆鲁德，进京赴任。

"这盘棋完全按你的设计开局。御史微服到此，调查大食人动乱的传言。他事先得到警告，朝中亦有人卷入此事，故而他不敢知会广州官府，以便日后查出幕后主使。然而，他重返广州另一原因，你却被蒙在鼓里。在他第一次逗留广州期间，他遇上了朱穆鲁德，两人一见钟情。"

"谁能预料到，两人竟会在那座该死的寺庙里巧遇？"梁福恨恨地说道，"她……"

"梁先生，世间事不同于下棋，世事无常。"狄公一语击中要害，"回到正事，御史与苏主事商讨了这里的局势，他怀疑有人意图构陷于他。于是，他直接去找曼苏尔，假意同情叛乱，甚至帮助曼苏尔和他的两个同谋偷运兵器进城。自然，这些曼苏尔都向你做了汇报。这时你喜出望外，事态的发展比预期的还要称你心意：若曼苏尔在堂上受审，他便会供出上述事实！但你亦明白，御史其实是在骗曼苏尔，于是决定尽快谋害御史。

"世事难料，朱穆鲁德先下手毒死了御史。迫于无奈，她把事情向你和盘托出，并且……"

"迫于无奈？"梁福暴跳如雷，"她从不隐瞒！每次与哪个野汉子睡完觉，她就跑来告诉我！告诉我那些难以启齿的媾和，折磨我，嘲笑我！"他用手捂住脸，抽泣起来，"她在报复，而我……我束手无策。她的欲火比我强烈,身上流淌的血都是滚烫的,可我的血是冰冷的,经过了两代人的稀释……"他抬起头,面色憔悴。他稳住心神,厉声说道:"嗯,她从没跟我说过御史的事,想必是打算和他出逃的缘故吧。说吧!时间不多了。"

狄公继续轻声说道:"正在这时,本相带着两名亲随来到广州,对外宣称巡察外番通商。你疑心本相是来调查御史失踪之事,于是便派人跟踪本相的两名亲随。见他们对大食人感兴趣,这便证实了你的怀疑。你断定,我们是你棋局里理想的棋子。毕竟,在指控曼苏尔叛乱时,大理寺卿是再合适不过的人选了!唯一的麻烦是苏主事。朱穆鲁德曾提到,苏主事对她和御史的事毫不知情,但你要确保万无一失。那天晚上,御史迟迟未归,苏主事心急如焚。翌日早上,也就是前天,他沿着江边四处寻找。你指使曼苏尔的大食刺客和你自己豢养的一个蛋民杀手跟着他。到了下午,他们报告说苏主事似乎认识乔都尉,而且还一路尾随他出了酒馆。你令蛋民先协助大食刺客杀掉苏主事,然后在大食刺客干掉乔泰之前,又勒死这个大食人。你留下乔泰这个活口,有意让他按图索骥,继续追查,直至找到曼苏尔。

"不料,你运气不佳。本相的属下陶干巧遇盲女。她应该是令妹,你曾说她死于意外。陶干曾将鲍夫人误认为盲女,而你派去姚家别院的蛋民杀手也犯了同样的错误。事实表明,她在阻止你步入深渊,而……"

"这不开窍的死脑筋!"梁福怒不可遏,"所有的麻烦皆由她而起。她一意孤行,自毁前程。她和我都从先父身上继承了才干,而另一个妹妹则蠢笨无知,意乱情迷,心性不定。可兰荔钟灵毓秀!私塾老夫子教我们四书五经,再难的篇章,她一读就通!她还长得楚楚动人,是我束发之年便心仪的女子!我常常偷看她沐浴,她的……"他突然住口,吞咽了几口口水,才能继续说下去。"我们渐渐成人,双亲相继去世,我对她谈起祖先的神话传说,谈起大唐帝国开国圣贤曾娶妹妹为妻。可她一口拒绝,还恶言相向,并说要离开我,再也不回来。我趁她熟睡时,将沸油泼入她的眼睛。我怎能让这个鄙视我的女子再看上别的男子?她没有责骂我,反倒怜悯我。伪善!一怒之下,我放火烧了她的屋子,我想……想……"

他噎住了,怒火扭曲了他的脸。过了片刻,他平静下来,继续说道:

"她说过再也不回来了,可最近她老是到我的宅子里打探,这个小狐狸精!有人告诉我,我的两个手下在把御史的尸首抬到寺庙前,曾遇到过她。她还把那只该死的蟋蟀也偷走了。她对我的计谋一无所知,但她冰雪聪明,能推断出事情的关联。好在你的亲随送她回家时,被我的人发现了,还偷听了他们的谈话。那个娘们儿竟然说她是在藏有御史尸体的寺庙附近捉到了蟋蟀,暗中引导你们追查到我身上来。我只好把她抓来关在这里。可第二日早饭后,她便逃了出去。她究竟如何逃出去的,我仍然……"

狄公说:"确实是蟋蟀把我们引到了寺庙。御史尸体被我找到,对你来说是当头一棒。你原本想焚化了尸体,蜑民毒药的事情便不会暴露。本相猜想,你会让曼苏尔招供,说是他将尸体抛入大海。不过，这一次你扭转了棋局，化不利为有利。趁我在此地的时机，你巧妙暗示我，大食人与蜑民关系密切，因而曼苏尔有充分的机会获得毒药。事事皆如你意。不料，你完美的棋局再次被机缘巧合地破坏。乔都尉邂逅朱穆鲁德后，便难以自拔。你的暗探告诉你，乔泰昨日早晨去了朱穆鲁德的花船，而且行了云雨之事。倘若她说动乔泰偷带她去了京城怎么办？倘若她无意间泄露了能追查到你身份的线索怎么办？乔泰必须得死。还要在倪船主家中除掉他。"狄公满腹疑问地看着梁家主人，"对了，你是如何知晓乔泰会返回到倪宅？"

梁福耸了耸瘦削的肩膀。

"乔泰第一次去了倪宅之后，我的两个手下便在倪宅后面的房子里派了个暗哨。曼苏尔也一直藏在那里。他看见都尉去了那里，便立即派他两个手下从屋顶上过去，想用船主的剑杀死乔泰。曼苏尔的主意绝妙，姓倪的色鬼诱奸了我的小妹妹，罪该万死。"

"你冤枉了他。但此事暂且不表，还是接着谈你的棋局。这盘棋走到最后一步了，你的棋子完全失控了。看来，用御史假首级示众的计策生效了。今日一大早，朱穆鲁德去了乔泰的客栈，央求乔泰带着她来见我，并领赏金。没想到，她在那儿被杀。如今，王后没了，你的棋输了。"

"我就是要她死。"梁福气若游丝，"她要弃我而去，辜负了我。我派了最好的标枪手，这样，好让她死得痛快。"他眼望虚空，手指下意识地捋着胡子。他猛地抬起头，"狄大人，一个人的财富不是由他拥有的东西多寡决定的,而是由他得不到的东西决定的。她蔑视我,因为她知道,我不过是个懦夫,惧怕别的人,也惧怕自己。故而,我留不住她。可如今,她浑身已被涂满了香料,她的娇美将与我永在。每个夜里,我将向她倾诉衷肠。再也没人打搅我们。"他定了定神,恶声恶气地叫嚣:"狄大人,连你也不能!你命不久矣!"

狄公不屑地说道:"杀死本相,你就能高枕无忧了?莫非你认为本相蠢钝轻率,事先不加防范,未把你的罪行告知黜陟使和我的亲随,就鲁莽行事,直接上门来与你对质?"

"自然,我不敢小觑!"梁福态度张狂得很,"我一知道你将会是我的对手,便仔细分析了你的行事方式。大名鼎鼎的狄大人,声名远扬,过去二十年间破案如神,家喻户晓,流传于大唐帝国的茶馆酒肆,为人所津津乐道。我摸清了你断案的路子!你头脑缜密,天赋异禀,善于厘清繁杂的案件,看透表象背后的关联。凭着目光敏锐、洞悉人心、直觉精准,你在人群中锁定疑犯。然后你就与其直面对质,出其不意,直中要害,气势逼人。确实棋高一着,我不得不佩服。你一步绝妙的棋,便套出疑犯的口供,而你稍后还对案情加以复盘,这便是你的断案独门绝技。其他人断案,按部就班:建档立案,搜集证据,得出结论,共议案情。你不屑于循规蹈矩,这与你本性不合。由此,我大胆推测,你没有对黜陟使透露一点风声。而你的两名亲随也只知一鳞半爪。尊敬的大理寺卿阁下,你将命丧于此。"

他盛气凌人地看了狄公一眼,沉着地说道:"舍妹也将香消玉殒。我派去的蜑民杀手两次未能得手,一次在姚家别院,一次在科场。可我心里清楚,她此时就在这里,这次绝不会失手。她是唯一可能对我不利的证人。至于我豢养的那些蠢笨蜑民杀手,对我的事一无所知,而且他们待的地方与世隔绝,无法追查。曼苏尔倒是有所察觉,那个滑头,此时正漂洋过海,乘坐一艘大食船回大食国去了。御史的案子将按实情结案:情杀,凶犯系一贱民女子,一时鬼迷心窍,失手杀人;而该女子已被其心怀嫉妒的大食情郎所杀,并被盗走了尸体。盖棺论定!"

他轻叹一声,继续说道:

"令人唏嘘的是,大人因着急破案,劳累过度,上门与我商讨案情时,死于心疾突发。众人皆知,你多年来劳心劳力,鞠躬尽瘁,可惜天不假年。我制的毒药产生的症状与心疾突发的症状完全相同,无迹可寻。实不相瞒,我是从朱穆鲁德那里得到的配方。哎呀呀,如此赫赫有名的人在寒舍断气,真是三生有幸!稍后,我会把你的亲随陶干唤进来,他将帮着我运送尸体去黜陟使府。我深信,黜陟使会按常规处理余下的事宜。你的两名亲随精明能干,我从不敢轻敌,所以他们必定会起疑心。不过,还没等他们说服黜陟使深入调查我,这里的一切蛛丝马迹都会被抹得干干净净。对了,容我提醒一句,我很快就要坐上大人您的位置了!虽然您留了个心眼,在我的前院里派了几个人,还叫士卒包围了我的宅子,但我一会儿会向他们解释说,你预料到大食恶徒会来刺杀我。在我的安排之下,你的手下将会在宅子里找到一个大食恶徒,他将被处决。好了,都结束了。"

"原来如此。"狄公说道,"这么说,茶里有问题。不妨实话相告,本相以为你会用更巧妙的方法来暗害本相。比方说,一扇秘密活板门,或者从屋梁下突然掉下什么东西。本相换了座位,你就已经察觉到我有了提防。"

"可你也没忘记茶里下毒的老伎俩,"梁福得意地狞笑道,"如我所愿,你趁我背对着你时,调换了茶杯。自然,如你这般老到的判官也不过要耍这样的雕虫小技。其实,毒药是涂在我杯子的内壁之上,而你的那杯茶,根本就没有毒药。你最终还是喝下了毒药,这个时辰该起作用了,我可是仔细算过剂量的。别,别动!你一起身,毒药马上就会发作。你此时是否感到胸口隐隐作痛?"

"没有。"狄公冷冷回道,"不管等多久,也不会发作。本相刚才说过,我知道你行事如下棋。棋手总是会通盘考虑,招招相连,前呼后应。本相明白,若你想下毒,便绝不会采取把毒药放进杯子里的粗劣办法。当本相注意到你杯子上有道裂缝时,便心中有数了,你就是想让我调换杯子。于是,我走了第二步棋。我不仅调换了杯子,还换了里面的茶。我把下了毒的茶倒进这个棋钵里,然后把没有毒的茶倒进有裂缝的茶杯里。接着,我又把下了毒的茶从棋钵里倒入我原来的杯子里,现在是你的杯子了。你不妨自己亲眼看看。"他拿起棋钵,让梁福看里面打湿的棋子。

梁福腾地跳起来,往供桌走去,但走到一半,他停了下来。他两腿踉跄,双手紧握着胸口。

"王后!我想见她。我……"声音是从喉咙里挤出来的。

他跌跌撞撞地往前走去,一把抓住供桌的边缘。他大口喘着气,一阵痉挛发作,瘦弱的身体剧烈地抖动。他瘫倒在地,手里还拽着桌布,供桌上的盛器也哗啦一声,掉在地板上。

二十三

门砰地被踹开,陶干冲了进来。瞧见梁福趴在地板上,狄公正在俯身查看,他便骤然收住脚步。狄公探了探梁福的心脏,已然没了心跳,便开始搜查尸体。陶干低声问道:

"狄大人,他怎么死的?"

"我说他把为我准备的毒药喝下去了,他便信以为真,一时气血攻心,诱发心疾。也算是自食其果,毕竟,他掌握了不该掌握的朝廷机密。那些机密是万万不可泄露的啊。"他将调换茶杯的事粗略说给陶干听。"我把毒茶倒在那个棋钵里,里面有半钵的棋子。梁福只看见棋子都湿了,却没发现其实棋钵里还盛有毒茶,全部的毒茶都在那里面了。把棋钵带走。"他从梁福袖子的皮鞘中抽出一把锋利的长匕首,又嘱咐一句:"这个也带走。务必仔细,刀尖上有棕色的不明之物。"

陶干从衣袖里掏出一张油纸,一边用油纸把棋钵和匕首包上,一边说:

"大人啊,您真该让他喝下自己下的毒药!万一他当时看出您是在诈唬他怎么办?狗急跳墙,他就会用这把涂了毒药的匕首杀了您。但凡碰到身上,就足以致命!"

狄公耸耸肩。

"在让他相信我已喝下毒茶之前,我一直留神不让他近身。"他又感慨道,"陶干哪,越是上了年纪,就越不自信了,更相信生死由天。"说罢,他转身离开了祠堂,陶干紧跟其后。

楼梯口站着一位苗条的年轻女子,身着素净的深棕色长袍,目视前方,眼白浑浊。

"狄大人,她刚到不久。"陶干急忙解释。"来提醒我们要提防梁福。"

"令兄不幸丧命,梁姑娘,"狄公神情自若。"因突发心疾而亡。"

盲女缓缓点点头。

"家兄一直患有心疾,已有数年,"她说。沉吟片刻,她突然问道:"是他杀死了御史?"

"不是令兄,是朱穆鲁德。"

"红颜祸水啊。"她心有余悸,"小女一直担心,家兄对她如此痴迷,迟早会若出祸端。小女听闻他的手下抬到家里一具高官的尸体,说是朱穆鲁德的情郎,便猜是家兄所为。我找到停尸的屋子,趁那两个人忙着扮上衙役的衣服,匆匆搜了一下死者的衣袖,从一只压扁的笼子里救出金铃子。我还摸到一个信封模样的东西,死者身上只找到这一样文书,想必关系重大。"

"本相猜测,昨日早晨将信封偷偷塞进乔都尉的袖子里的,是令妹鲍夫人吧?"

"回狄相,正是舍妹。她是倪船主的旧相识,那日刚刚递了一条便笺给倪船主,邀他当日下午在姚家别院相会。她原本打算把那封信直接交给官府里的陶先生,后来看见了陶先生的朋友,便觉得交给他更妥当些。"她将散落的额角秀发朝后一抿,露出光洁的额头。犹豫片刻,她又开口说道:"我们姊妹俩隔一段时间便见一次面,自然是暗地里相会。家兄对外宣称,说我已亡故,我也乐意配合他,可我不忍心看见妹妹为我伤心。因此过了一年,我去找她,告诉她我还活着。虽然我一再向她保证,我什么都不缺,但她还是不放心我,执意帮我介绍买蟋蟀的主顾,只要有意向买的,什么样的人她都会介绍来。昨日上午,我从这里逃出去之后,便去告诉她我的担心,认为家兄惹上了麻烦。在我的恳求之下,趁您和她夫君去拜访家兄时,她翻看了她夫君寝屋里的桌子。她拿了两张舆图,还对我说,有一张舆图上还标出了乔都尉住的客栈。我本打算那日下午能在姚家别院里再次见她,不料却扑了空。狄相,究竟是何人杀了她?她不曾与人结怨,即便家兄常对她鄙夷不屑,但并不恨她,毕竟他恨的人是我。"

"令妹是被误杀的,"狄公答道,遂又急忙补了一句,"梁姑娘，多谢相助，感激不尽呐！"

她摆了摆手，神情怅然若失。

"小女也是希望狄相能早日捉到杀害御史的真凶，不想家兄愈陷愈深，无法自拔。"

"你是如何将自己隐藏得神不知鬼不觉的？"狄公颇为不解。

她淡然一笑道："不过是躲在熟悉的地方罢了。我自然对这幢老宅子了如指掌！里面各种暗室、密道、暗门，连家兄都不知晓。我对科场也是熟门熟路，那里曾是我最喜欢捉迷藏的地方。陶先生和他的朋友发现了我，我便从后门溜了出去，躲在放轿子的库房里。后来，我听到一个女子的尖叫声。究竟发生了何事？"

"本相的两名亲随撞见一个无赖在调戏妇人。"狄公回道，"梁姑娘，你的兄长派人把朱穆鲁德的尸体搬到了宅子里，本相需要立即让人将尸体运到衙门。你有何难处，尽管向本相提出。毕竟，这座宅子和你兄长的生意，都要由你来接手打理。"

"我去拜请一位老舅公，由他出面来料理家兄的后事，还有……"她摇摇头，黯然神伤，难过地说不下去。半晌，她才用极其微弱的声音说道："都是我的错。我不该离开他，让他独自面对心魔。毕竟，他那时还未及弱冠之年！每天在花园角落里摆弄他的玩偶兵，想象自己有朝一日调兵遣将，决胜千里，后来……后来，他意识到自己不是行伍之人。我离开他之后，他又意识到自己连女子都无法驾驭掌控。这对他是致命打击，令他痛不欲生。后来，他遇到了朱穆鲁德，而她……她是家兄拥有的第一个，也是唯一的女子。他只为她而活，然而，梁郎有意，佳人无情。她还一味地嘲讽讥笑他……都是我的错，我本该以更加委婉的方式拒绝他，引导他喜欢上别的女子，一个温柔善良的女子，能让他……可我那时年纪尚浅，懵懂无知。我还不懂……"

她双手蒙住了脸。狄公挥手示意陶干，两人便下楼去了。

乔泰正与狄公四个手下、十几名衙役等候在大厅。狄公告诉，强盗事先藏身于梁宅，突然被梁福撞破，梁福因惊吓过度，以致诱发心疾而亡。他吩咐乔泰，让他指挥众人彻查梁宅，拘捕一切可疑人员。吩咐完毕，他又将最年长的手下叫到一旁，告诉他曼苏尔已逃到一艘大食船上，目前正停泊在珠江口。狄公命手下速去找到关津总管，派四艘快船追捕曼苏尔。手下领命匆匆离去，狄公命老管家带着他和陶干去梁福的寝室。

陶干在床架后面的墙壁内发现一个私柜。他撬开锁，但见墙柜里有一些文契以及梁福生意上的一些要紧文书。狄公早料到会空手而归，毕竟梁福生性狡诈，精于算计，不会留下能让自己获罪的白纸黑字。狄公确信，只要他派人对内廷宦官总管的府宅进行突击抄家，定会在京城挖出他想要的书面证据。他吩咐陶干小心行事，秘密将朱穆鲁德的尸体运至衙门，然后便乘轿回到黜陟使府。

他让府里的一个随从带他上正厅二楼，直接去黜陟使的私人书房。

书房小巧雅致，圆拱窗户正对花园和莲池。左侧的茶几上摆放着一套天青色瓷质茶具，还放置着一只玉钵，里面插着白玫瑰；一个大气稳重的乌木书橱占据了右侧一整面墙。黜陟使坐在正对门的书案后面,对垂手立在椅子旁的老书吏吩咐着什么。

一见狄公进来,黜陟使连忙起身绕过书案迎了上来。他请狄公坐在茶几旁那张舒适的扶手椅上,自己则坐到了对面。老书吏上了茶,黜陟使摆手示意他退下。他手抚膝头,探身向前,神色紧张地问道:

"狄相,出了何事?下官见到您发的告示。上面所言高官究竟是何人?"

狄公一口气喝干了杯子里的香茗,此刻才突然感觉到身心俱疲。他放下瓷杯,松开长袍领口,这才不紧不慢地说道:

"真是飞来横祸。刘御史在此地遇害。实话相告,本相于华塔寺发现的那具尸体便是刘御史。下面本相所述为官方说法。御史来广州是因为他恋上了一个本地姑娘。而那姑娘已有情郎,于是那个恶徒情郎便毒死了御史。发布告示是诱捕之计,果然奏效,那凶手的朋友出来告发了他。凶手已然落网,此时正在押往京城的路上,有待秘密审问。望你明白,此乃官方说法,简明扼要,万万不可外传。朝廷不喜街谈巷议命官的风流艳史。"

"下官明白。"黜陟使一副心事重重的样子。

"本相深知你的尴尬处境,"狄公推心置腹地说道,"本相在县令任上时,也曾接待京城高官巡察,当时的情景历历在目。此乃我朝体制所致,不得不为。"

黜陟使看了狄公一眼,眼睛里满是感激,然后问道:

"下官斗胆问一句,为何兵卒要包围梁宅?"

"本相收到线报,说有蜑民强盗潜入梁宅。本相前去提醒他,怎料还没等我赶到,他因撞见盗贼,一时惊吓过度,引发心疾而亡。本相的亲随正在围捕强盗。此事亦不得声张,梁先生乃地方缙绅,如若广州民众知晓他为蜑民所害,可能引发械斗。此事就由本相的两名亲随全权处理吧。"他抿了一口茶。"还有大食人的事情,本相也已采取行动,派人前去拘捕曼苏尔,此人乃是元凶。一旦捉拿归案,广州即可解除紧急状态。昨日与你提过的有关隔离外番人的建议,本相亦将呈报给政事堂,如此一来,可解后患之忧。"

"下官明白。"黜陟使踌躇片刻,期期艾艾地说道,"狄相,下官有一事相求,这里所发生的一切……呃……不寻常之事,请勿归咎于下官的办事不力。若朝中大臣听闻下官……呃……疏于管理,下官唯恐……"他忧心忡忡地瞄了客人一眼。

不料狄公不为所动,反而王顾左右而言他:

"查案过程中,牵扯出一些与主案关联不大的细枝末节,虽然不甚要紧,但也不容忽视。首先是鲍夫人的命案。鲍都督正亲自督办。本相认为,你最好不要插手,由他去了结这桩命案。其次,本相还追查出一件发生在此地的惨案,是多年前的旧案了。事关一位波斯女子自尽身亡之事。"说罢,他迅速瞥了一眼黜陟使。黜陟使脸色遽然煞白。狄公继续说道:"昨日早晨,你我在园中凉亭相遇,你急于接手调查大食番坊一事,既然你曾专门研究过大食事务,不妨与我说说有关此案的细节吧。"

黜陟使的头扭向一边,茫然望着窗外府邸的绿色屋顶。狄公从玉钵里抽出一朵花形硕大的白玫瑰,深嗅一口,幽香沁人心

脾。黜陟使喉头发紧,开口说道:

"那是许多年前的旧事了,当时下官被派到此地任衙门主簿。实不相瞒,那是下官谋得的第一份差事。那时,下官涉世未深,少不更事,番坊里光怪陆离,令下官一时迷了心性。我经常出入一个波斯商人的宅子,由此结识了他的女儿。我们彼此情投意合。她秀外慧中,是个名媛美姝,但我没察觉到她性格敏感脆弱的一面。"

他转过身,面对着狄公,说道:"我对她情有独钟,魂牵梦萦,不惜自毁前程,定要娶她为妻。然而有一日,她递话给下官说,她不能再见下官了。下官那时就是个傻小子,什么也没怀疑,只是以为她不想与下官好下去了。失魂落魄之余,下官便开始频频光顾一家汉人开的青楼。过了数月,她捎信给下官,信上要下官当日黄昏时分前去见她,在华塔寺。下官去了,见她坐在茶亭里,独自一人。"他垂下眼帘,眼睛盯着紧握的拳头。"她穿着杏黄色长袍,头上裹着一条薄如蝉翼的丝巾。下官刚想问她,她就抢在下官前面开了口,要下官带她登上华塔。我们沿着陡峭的楼梯往上爬,越爬越高,我俩都没说话,一直爬到第九层塔顶,来到最高一层的狭窄平台上。她走到栏杆旁。当时夕阳余晖万丈,霞光千里,洒在塔下犹如鱼鳞般的房顶上。她眼望着前方,用一种奇怪、毫无感情的语气对我说,她生下了一对双生女婴,是我的。既然下官抛弃了她,她便溺死了那对婴儿。下官站在那里,如五雷轰顶,呆若木鸡,而她突然纵身翻下栏杆。下官……下官……"

他一直竭力控制自己的声音，说到此处，便再也说不下去了，只是以手掩面。狄公隐隐听到他喃喃自语："我没想要伤害她，老天作证！而她……只是当时……是我们少不更事。少不更事哪……"

狄公没有言语，耐心等着黜陟使平复心绪。他手里捻着玫瑰花枝，看着白色的花瓣，一片一片，飘落至乌光黝黑的桌案上。半晌，黜陟使抬起头来。这时狄公已将花插回玉钵瓶内，说道："想必她对你用情过深，否则不会如此，一时失了心智，一心要伤害你。结果她自尽身亡，死前还对你谎称说杀死了你的两个女儿。"黜陟使听闻，惊得要跳起来，狄公忙抬手止住。"不错，那是个谎言。她把双生女送给了她的一个汉人朋友，后来那人破产了。一个带有波斯血统的汉人与双生儿的外祖母沾亲带故，遂收养了这对女孩，并精心照料。听说，她们已经出落成漂亮的大姑娘了。"

"她们现在何处？那人是谁？"黜陟使急切地问道。

"姓倪，是个船主，本相曾向你提过。他研修密契，行止不羁，但秉节持重。他了解到是你辜负了那位波斯小姐，虽然心里对你的行为颇为不齿，但始终保持缄默。因为他知道，旧事重提对谁都没有益处，尤其是对那两个姑娘。你改日可以去见见他，不妨乔装出行。如果本相的消息没出错的话，船主现在应该是你的女婿喽。"说罢，狄公站起身，抚平长袍，又说道："你刚才所说的每一个字，我都将忘得一干二净。"

黜陟使感激涕零，无以言表，唯有恭送狄公到门口。这时，狄公又说道：

"在开口坦白波斯女子旧案之前，你表示对自己的声名担忧。本相将履行职责，如实向政事堂报告，你是个勤勉奉公的好官。"黜陟使闻之，感激得已语无伦次。狄公等他说罢，遂结束了两人的谈话："本相奉命回京，不得有误，今日下午便将启程。有劳安排骑兵护送。叨扰多日，多谢盛情款待！后会有期！"

二十四

饭堂里,狄公同乔泰、陶干三人共用了一顿早已过了饭点的午饭。他的两名亲随在梁宅里统共拘捕了六人:两个蛋民和三个汉人恶徒,还有一个大食刺客。六人均已被关押在府衙大牢里。

狄公边用午饭,边向两名亲随讲述了事情的来龙去脉,但隐瞒了他同黜陟使最后的谈话。三言两语说完御史命案的官方定论之后,他追述道:

"如此,御史身负的使命已然达成,但他为此丢了性命。宦官总管将罪有应得,而总管的奸党也会分崩离析。太子可除废黜之忧,皇后和她的内戚党羽亦会隐退幕后,虽然只是暂时而已。"狄公陷入沉思,暗自琢磨皇后之为人。她容貌秀丽,神采飞扬,才智超群,但又心狠手辣,淫思怪想;执意提拔戚党,其野心不可小觑。这是第一次与她发生间接的冲突,这次他占了上风。但他突然有一种山雨欲来风满楼的预感,更多的正面冲突即将到来,血雨腥风是不可避免了。他似乎感到了阎王爷的召唤,浑身不寒而栗。

乔泰担忧地望着狄公。狄公面色憔悴,眼圈发黑,双颊凹陷,脸上布满皱纹。狄公极力凝住神思,缓缓说道:

"御史命案或是我断的最后一个案子。自此以后,我将尽心致力于政事。若有事涉及罪案,我将命他人来处理。梁福对我断案之法的分析切中肯綮,这提醒我,该功成身退,是结束断案生涯的时候了。我的破案之法已广为人知,狡猾的罪犯会加以利用。这些方法已成为我脾性的一部分,况我年事已高,改不了啦!还是让年轻有为的人接我的班吧。今日下午,暑热散去之后,一支特别卫队将护送我回京。你俩一处理完御史的案子,也要速速赶回。你们要严守我刚才说的官方结案陈词,确保广州不会再出什么岔子。无须在曼苏尔身上费心费力,他已逃到一艘大食船上,但我已派快船去珠江口追捕。他知道一些朝廷秘事,要秘密处决他,决不能让这些国事传到哈里发耳朵里去!"他站起来,又说道:"我们都去歇息个把时辰。你们俩也不用回城里那寒碜的客栈去了,就在这起居间里睡个午觉,里面有两张睡榻。起来后,你们送我出门,之后便去各自忙各自的事吧。相信你俩明日便可离开广州。"

三人向饭堂门口走去,陶干神情凄凉地说道:

"我们到广州虽只有短短两日，但我却看尽了世间繁华沧桑！"

"我也是！"乔泰脱口而出。接着，他郑重其事地说道："大人，我盼着回京继续效力。"

狄公的目光从亲随苍白憔悴的面庞上掠过，不由一阵心酸，真是历经沧桑人未老。他亲切地冲着两人一笑，说着：

"乔泰，我心甚慰。"

三人登上宽大的楼梯，径往二楼狄公住处。乔泰一见外间两张带有幔帐的豪华床榻，便咧嘴苦笑说：

"你想睡哪张？随你挑，两张都给你也行！"他扭头冲着狄公说："我宁愿睡在你卧房门口的席垫上，大人！这大热天的！"

狄公点头应允。他拉开门帘，进了卧房，里面闷热难耐，他便走到拱形大窗前，卷起了竹帘。但他立刻又放了下来，窗外正午的阳光刺眼炫目，旁边屋子的琉璃瓦反射出的光芒，直刺狄公的眼睛。

他走到房间后面，把帽子放在榻旁的茶几上，匕首搁在茶壶的后面。他伸手试试茶壶的温度，目光落在墙上他那雨龙剑上。见到他珍藏的宝剑，他不由想起了梁家祠堂南海王画像里的那把剑。的确，将军身上流着蜑民的血。然而，那原始的野性被高贵的品性抑制住了，令粗放的激情升华为超凡的勇气。他暗自叹了一口气，遂脱下织锦官袍，只穿着一件白绸袍，躺在床榻上。

狄公两眼直呆呆地看着天花板，心里想着自己的两个亲随。不可否认，乔泰痛失意中人，部分是由他一手促成的。他早就该让乔泰娶妻成家，这是对属下应有的关心啊。马荣娶了偶戏班的两个漂亮女儿，自己也应该给乔泰物色一个合适的人选。回京以后就得着手去办，不过此事也有点棘手。乔泰乃将门虎子，祖辈世代居住在西北边陲之地，性格粗粝豪放，坚忍耿直，生活的全部便是战斗、打猎和豪饮，喜欢的女子个个巾帼不让须眉，强壮而独立。好在陶干没有这方面的问题，他素来不喜女色。

接着，他又想到回京后需要做出的重大抉择。他深知，忠于圣上的保皇党会请他接手已故刘御史的政务。但等到圣上驾崩后再走这一步，岂不更好？他左思右想，权衡事态发展，但终究想不出个所以然来。隔着门帘，隐约传来乔泰和陶干的谈话声，两人都压低了嗓音在说话。狄公听着听着，便有些昏昏欲睡了。喊喊的低语声渐渐止住，狄公遂打起了瞌睡。

黜陟使府偏院里寂然无声，除了守卫在大门口的士卒，府里的人都在午憩。

随着一阵窸窸窣窣的声音，竹帘被撩开，曼苏尔悄无声息地跨过窗台。他仅穿了一条白色的缠腰带，腰上别着一把弯刀。头上没戴厚厚的包头巾，只是紧紧地裹了一条布条。他翻越重重屋顶，才爬到这里，浑身汗水淙淙，黝黑结实的肌肤闪闪发亮。他在窗前立了片刻，好缓过气来。见狄公已熟睡，不禁暗自窃喜。狄公的绸袍在胸前散开，露出宽阔的胸膛。

犹如一头黑豹在潜近它的猎物，曼苏尔手按在刀柄上，脚步轻捷，一步步逼近床榻。此时，他的目光被墙上的宝剑吸引了过去。他迟疑一下，要是能向哈里发邀功，说自己手刃异教徒，使其刀剑行之，岂不妙哉！

他取下宝剑，嗖的一声抽出剑。然而，他并不熟悉汉人之剑，结果剑鞘当啷啷落到石板地上。

狄公一惊，身子一抽，随即睁开了眼睛。曼苏尔骂了一声，举起剑便刺向狄公胸膛。突然，身后有人大喝一声，他急忙转身。说时迟，那时快，只见乔泰一个箭步冲将进来，身上仅着一条宽脚裤。乔泰扑向曼苏尔，而这个大食人提剑迎上，一剑刺中乔泰的胸膛。乔泰踉踉跄跄地后退几步，手里仍牢牢地抓着曼苏尔不放手。狄公从榻上鱼跃而起，一把操起茶几上的匕首。曼苏尔连忙回头察看，一时犹疑，不知是该用宝剑防身，还是用自己更顺手的弯刀匕首。那一刹那的犹疑便送了他的小命。狄公急扑过去，攒足全身力气，将匕首插入他的脖子，鲜血四溅。狄公一把推开大食人的尸体，跪在乔泰身边。

锋利的雨龙剑刃深深地插入了乔泰的胸膛，脸上已没有一丝血色。他双目紧闭，鲜血如细涓，从嘴角流出。

这时陶干也冲了进来。

"速去传府内的医生，令兵卒加强防范！"狄公咆哮如雷。

他将乔泰的头枕在自己的胳膊上，不敢把剑拔出来。往昔种种如走马灯般在脑海里闪现：林中初次相遇，正是用这把剑与乔泰相搏；无数次出生入死；无数次彼此出手相救于危难，生死相依。

他端详着这张平静的脸，不知就这样跪了多久。蓦然间，他发现身边围满了人。医生查看了受伤的乔泰，小心地拔出剑，止

住了血。狄公声音嘶哑地问道:

"能否抬至床榻之上?"

医生点点头。他充满敬佩地看着狄公,轻声说道:

"乔都尉凭借超凡的意志,才能撑到此刻。"

陶干与班头等一众人将乔泰搬起,轻轻地放置到狄公的床榻上。狄公拿过剑,吩咐班头:

"带手下将大食人的尸体抬走。"

这时,乔泰睁开眼睛,看到狄公手中的雨龙剑,露出一丝微笑:

"因剑而识,因剑而诀。"

狄公迅速插剑入鞘,把它放在乔泰疤痕累累的古铜色胸膛上,温言说道:

"乔泰,雨龙剑将与君同在。这把剑染上我挚友的热血,我再也不会拿它了。"

乔泰那双大手捂住宝剑,露出幸福的微笑。他久久地望着狄公,泪水渐渐盈满眼眶。

陶干左臂扶着乔泰的头,眼泪顺着瘦长的脸庞滑落下来。

"大人,可要在下吩咐士卒,敲云板报丧?"班头小声请示。

狄公摇头。

"不,命他们敲响凯旋鼓。马上!"

他示意医生和士卒们退下,以便三人单独相处。乔泰静静地躺在床榻上,狄公与陶干俯身凝视着挚友的脸,见他双目依然紧闭。良久,一息尚存的乔泰,双颊渐渐红润起来,紧接着,脸上

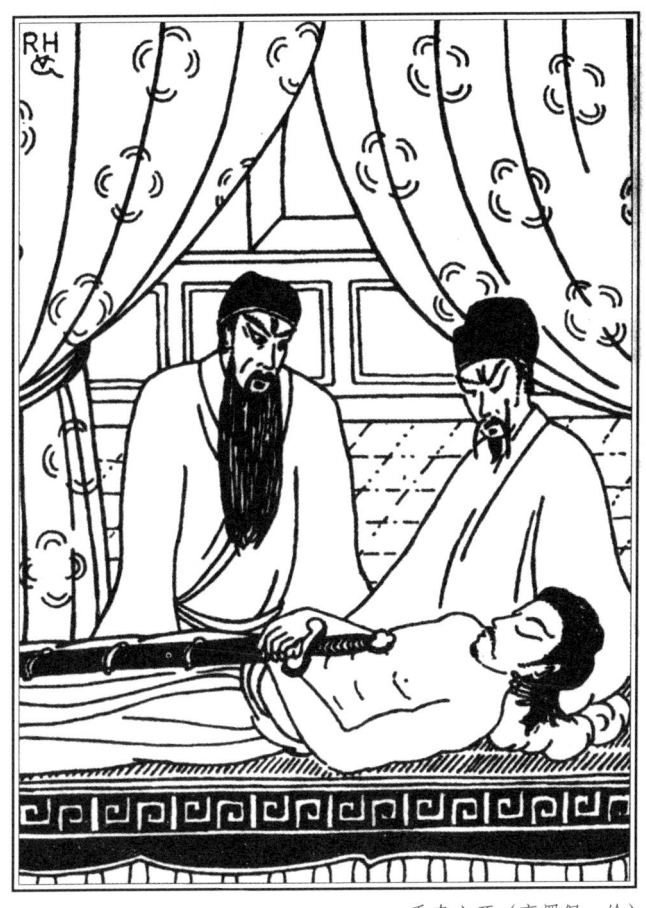

乔泰之死(高罗佩 绘)

泛出兴奋的光彩,额头沁出豆大的汗珠,呼吸愈加急促,鲜血不断从扭曲的嘴角涌出。

"左队……前进!"乔泰发令。

突然,黜陟使府瞭望台上的大鼓咚咚捶响,打破屋外的宁静。鼓点越敲越急,高亢的军号声骤然响起,宣告沙场勇士凯旋。

乔泰睁开双眼,目光凝滞。他侧耳倾听,鲜红的嘴唇泯然一笑。

"大捷!"他突然说道,吐字清晰可辨。

喉咙一阵咯咯作响,高大的身躯抽搐着……抽搐着,笑容凝固了。

二十五

暮色四合，陶干带着四名手下处置完御史命案。他悄无声息地掩去所有的证据，没有留下任何后患。大食舞姬的尸体已被秘密搬回衙门，稍后将运到华塔寺焚化。梁福的同伙未经过堂，便被兵卒们带到珠江上游的山上，立即处决。所有必要的文书均已由陶干以狄公之名，签字盖章。万事妥当，陶干已是精疲力竭。在狄公亲自过问之下，乔泰的遗体已运往京城。安排妥当之后，狄公在骑兵队的护送下，启程回京。一队士卒在前面开道。他们扛着镶红边的旗帜，表明有权在经过的每个驿站换马赶路。一路车马劳顿，但这已是返京的最快方式。

陶干离开府衙，命轿夫送他去梁宅。梁宅大厅内点着油灯火把，灯火通明。梁福的尸体放在一个带罩子的豪华棺材内。吊唁的人络绎不绝。他们列队从棺前走过，为死者上香致哀。一位德高望重的老者，陶干猜是梁家舅公，在老管家的协助下，照应着宾客。

目睹这么大的排场，陶干冷眼旁观。突然，他发现姚开泰就站在自己身边。

"广州全城举……举哀！"姚开泰说。然而，沉痛的声音也掩饰不住他脸上的狡诈之色。显然，他已在暗中盘算，死者的哪些生意可由他接盘。他又接着说道："姚某听闻，狄相已离开广州。他似乎对姚某有所怀疑，还曾仔细盘问过我，就一次。那么，既然他没传唤我就回京了，我揣测，我已洗脱了嫌疑。"

陶干恶狠狠地瞪了他一眼，说：

"呃，我不方便与外人谈论公事。不过我与你脾性相投，不妨透露一点有用的内部消息。在被绑到行刑架上的时候，别忘了问行刑人的手下要一个木塞子，放在嘴里咬住。你瞧，通常人在极度疼痛的情况下，会咬掉自己的舌头。姚先生，我若是你，我就不去担惊受怕了！毕竟，整日提心吊胆也免不了一死。自求多福吧！"

说罢，他转身离去，留下姚开泰一人杵在那儿，满脸惊惧之色。

这出小插曲倒让陶干解了闷气，舒缓了心中的郁结。趁着高兴劲儿，他打发走轿子，一路往市集走去。尽管腰酸背痛、腿脚酸胀，他还是想有点时间理理思路。市集里熙熙攘攘，热闹非凡，而那条昏暗的后巷似乎比上次还要显得阴暗。

他爬上窄窄的楼梯，静静地立在门前，侧耳倾听了一会儿。隐约间，他听到细柔的唧唧叫声。果然不出其所料。

他敲了敲门，推门而入。在晦暗的天光下，挂在屋檐下的小笼子隐约可见。借着暮色，他瞧见桌子上放着茶篮。

"是我。"见她从竹帘子后面走出来，陶干赶忙说道，迎上前去拉着她的衣袖，将她带至长凳上，两人并肩坐下。

"我就知道会在此地找到你，"他说。"明日一早，我便回京，想来与你辞别。你我命蹇时乖，你没了兄长、小妹，我没了挚友。"他大致讲了乔泰之死。说完，他忧心忡忡地问道："你现在独自一人，可如何是好啊？"

"痛失挚友之余，仍惦念小女子，真是万分感激。"她平静地说道。"但无须挂念于我。离开梁宅之前，我已让舅公草拟了一份文契，宣告我放弃家兄所有的财产。有蟋蟀为伴，无须他物，一切安好。"

陶干在蟋蟀的唧唧声中，沉默了良久。最后，他开口说道：

"其实，你那两只蟋蟀，我都好生养着呢，一只是你给我的，还有一只是在科场你的屋子里找到的。我也开始喜欢上这些虫子的叫声了。听着就觉得心静。兰荔，我觉得自己老了，也乏了，最想要的便是心静。"

他瞟了她一眼，见她面色平静，心如止水。他轻轻地抚着她的手臂，怯生生地说道：

"有朝一日，你若愿意到京城与我相伴，我将铭感五内。带上蟋蟀更好。"

她没有抽走胳膊，语调依然很平静：

"如若你的大太太不反对的话，我会考虑。"

"我一孤家寡人，哪里来的大太太。"他柔声说道，"不过马上便会有了，只要你肯答应。"

姑娘仰起脸，虽然什么都看不见，但听得专注。一只蟋蟀的叫声在众多蟋蟀中脱颖而出，鸣叫声经久不息，清晰入耳。

"听，金铃子！"她嫣然一笑。

  唧唧虫鸣，听之乐之，
  杂音纷扰，静之清之，
  忧苦怀伤，解之慰之。